Raphael Moll
Red Sky

AF289319

Raphael Moll

Red Sky

- Aufbruch in ein neues Leben -

Roman

Bibliografische Information der Deutschen Nationalbibliothek: Die Deutsche Nationalbibliothek verzeichnet diese Publikation in der Deutschen Nationalbibliografie; detaillierte bibliografische Daten sind im Internet über http://dnb.dnb.de abrufbar.

Die automatisierte Analyse des Werkes, um daraus Informationen insbesondere über Muster, Trends und Korrelationen gemäß §44b UrhG („Text und Data Mining") zu gewinnen, ist untersagt.

© 2024 Raphael Moll

Verlag: BoD · Books on Demand GmbH, In de Tarpen 42, 22848 Norderstedt

Druck: Libri Plureos GmbH, Friedensallee 273, 22763 Hamburg

ISBN: 978-3-7597-7939-7

FSC
www.fsc.org

MIX
Papier aus verantwortungsvollen Quellen
Paper from responsible sources
FSC® C105338

Inhaltsverzeichnis

KAPITEL 1 – AUFBRUCH INS UNGEWISSE

Die Sonne sank hinter den Horizont und warf lange Schatten über das malerische Teneriffa. Sie tauchte den Club "La Noche Mágica" in ein düsteres Rot. In den glanzlosen Räumen des Clubs, wo verführerische Neonlichter die bedrückende Realität verschleierten, begann eine Nacht wie jede andere. Doch für Rosa, Isabel und Beatriz sollte diese Nacht der Anfang vom Ende ihrer Gefangenschaft sein. Rosa, eine ehemalige Biologielehrerin, die mit den Schatten ihrer Vergangenheit kämpfte, saß in einem der stickigen Zimmer des Clubs. Ihr Blick schweifte durch die schäbige Einrichtung, während ihre Gedanken in der Leere verloren gingen. Das gedämpfte Lachen und die aufdringlichen Gespräche der Männer, die wie Raubtiere auf Beutejagd waren, hallten in der Ferne wider. Rosa seufzte, ihre Entschlossenheit festigte sich. Diese Nacht würde anders werden. Isabel, eine temperamentvolle junge Frau mit einer unbändigen Lust auf Freiheit, bewegte sich durch die Menge im Hauptsaal. Ihr Lächeln war charmant, ihre Augen funkelten. Doch unter der Fassade verbarg sich eine zermürbende Angst. Sie hatte gelernt, diese Maske zu tragen, um zu überleben. Doch heute Nacht spürte sie ein unheilvolles Kribbeln, das sie nicht abschütteln konnte. In einem der hinteren Räume, verborgen vor neugierigen Blicken, kämpfte Beatriz gegen die Tränen. Die Schmerzen, die sie erlitt, waren unerträglich. Raul, der brutale Zuhälter, hatte seine Kontrolle über sie erneut demonstriert. Seine Handlanger, Mateo und Carlos, lauerten stets in der Nähe, bereit, jede Rebellion im Keim zu ersticken. Es begann, als Beatriz, getrieben von ihrem Schmerz, wagte, sich gegen Raul aufzulehnen. Sie wollte ihre Schulden bezahlen, die sie mühevoll gespart hatte, und kündigen. Doch Raul, bekannt für seine grausame Unbarmherzigkeit, duldete keinen Widerspruch. "Du wagst es, mir zu widersprechen?" zischte er, seine Augen verengt vor Zorn. "Ich hab das Geld, Raul. Ich zahle meine Schulden und gehe fort von hier," sagte Beatriz, ihre Stimme brüchig. Rauls Gesicht verzog sich zu einer teuflischen Grimasse. "Du gehörst mir, Beatriz. Du tust, was ich sage oder du zahlst den Preis." Er packte sie brutal am Arm, zog sie zu sich und schlug sie hart ins Gesicht. Beatriz schrie vor Schmerz, taumelte zurück und stürzte zu Boden. Raul trat sie noch einmal, bevor er sich zu ihr hinunterbeugte und ihr ins Ohr flüsterte: "Vergiss nie, wer hier das Sagen hat." Beatriz blieb weinend am Boden liegen, während Raul den Raum verließ. Die Tränen liefen ihr über das Gesicht, vermischten sich mit dem Blut, das aus einer Platzwunde an ihrer Stirn sickerte. Isabel, die durch den Flur eilte, hörte Beatrizs Schluchzen und trat sofort ein. Als sie Beatriz auf dem Boden sah, erfasste sie eine Welle des Zorns. "Beatriz, was ist passiert?" fragte Isabel, kniete sich neben sie und legte eine Hand auf ihre Schulter. "Es war Raul... er hat mich geschlagen, weil ich meine Schulden bezahlen und kündigen wollte," schluchzte Beatriz. "Das kann so nicht weitergehen," sagte Isabel entschlossen. "Wir müssen hier endlich raus." Isabel eilte zu Rosa, die gerade einen Drink für einen Kunden mixte, und zog sie zur Seite. "Rosa, Beatriz ist schlimm zugerichtet. Raul konnte sich mal wieder nicht beherrschen. Wir müssen etwas tun. Wir können nicht länger hierbleiben!" flüsterte Isabel eindringlich. Rosa sah Isabel in die Augen, spürte ihre Entschlossenheit. "Bist du sicher, dass wir bereit sind? Wenn wir das tun, gibt es kein Zurück," sagte Rosa, ihre Stimme von Sorge und Hoffnung gleichermaßen durchdrungen. "Wir haben keine Wahl," antwortete Isabel entschlossen. "Entweder wir fliehen, oder wir sterben hier. So einfach ist das." Rosa nickte langsam. Sie wusste, dass Isabel recht hatte. Gemeinsam eilten sie zu Beatriz, die immer noch zitternd in dem kleinen Raum saß. "Bea, wir verschwinden hier. Noch heute Nacht. Bist du dabei?" fragte Rosa und kniete sich vor die verletzte Frau. Beatriz hob den Kopf, ihre Augen voller Angst und Erschöpfung, aber auch einem Funken Hoffnung. "Ja," flüsterte sie und wischte sich die Tränen weg. "Ja, ich bin dabei." Die drei Frauen schmiedeten einen Plan. Während die Nacht voranschritt und die Männer im Club immer betrunken und sorgloser wurden, schlich sich Rosa in Rauls Büro. Ihr Herz raste, als sie die Schubladen durchwühlte und schließlich einen Schlüsselbund fand. Sie eilte zurück zu den anderen. "Das ist unsere Chance," sagte Rosa und zeigte den Schlüssel. "Wir müssen jetzt gehen." Rosa, Isabel und Beatriz fanden Raul im Flur des Clubs, als er gerade einen seiner Handlanger anrief. Ohne Vorwarnung stürzte sich Isabel auf ihn, trat ihm in die Kniekehle und riss ihn zu Boden. Rosa und Beatriz waren schockiert und beeindruckt zu gleich. "Verdammte Huren!" schrie Raul und versuchte, sich aufzurichten. Doch Rosa schlug ihm mit einer Vase auf den Kopf, die in tausend Scherben zerbrach. Beatriz trat zu, ihre ganze Wut und Verzweiflung in diesem einen Tritt bündelnd. Raul blieb blutend auf dem Boden zurück, während Rosa, Isabel und Beatriz durch die Hintertür in die Freiheit rannten. Ihre Schritte hallten auf dem Asphalt wider, die Dunkelheit verschluckte sie, aber die Gefahr war noch nicht gebannt. "Dort drüben, der Wagen!" rief Isabel und deutete auf ein Auto am Straßenrand. Mit zitternden Händen schloss Rosa die Tür auf, und die drei sprangen ins Auto. "Gib Gas Rosa, schnell!" drängte Isabel, ihre Augen immer wieder auf den Club hinter ihnen gerichtet. Der Motor heulte auf, und das Auto raste die Straße hinunter, weg von dem Albtraum, der sie so lange gefangen gehalten hatte. Die Straße schien endlos, und jeder Schatten ein potenzieller Feind. Doch die drei Frauen hielten zusammen, ihre Herzen schlugen im Gleichklang, getrieben von dem Wunsch nach Freiheit und einem besseren Leben. "Was machen wir jetzt?" fragte Beatriz, als sie auf die dunkle Straße hinausfuhren. "Wir finden einen sicheren Ort und überlegen uns den nächsten Schritt," antwortete Rosa entschlossen. "Aber zuerst müssen wir so weit wie möglich von hier wegkommen." Die Nacht lag still und schwer über der Stadt, als Rosa, Isabel und Beatriz in der Ferne die Lichter eines neuen Tages erblickten. Mit jedem Kilometer entfernten sie sich weiter von der Hölle des Clubs und kamen ihrem Traum von einem neuen Leben näher. Die unerträgliche Zeit im Club endete, doch ihre Geschichte hatte gerade erst begonnen.

KAPITEL 2 – PFAD DER HOFFNUNG

In der brennenden Glut der Nacht, als die Sterne wie glitzernde Diamanten am tiefschwarzen Himmel funkelten, waren die drei Frauen auf der Flucht, in der Hoffnung auf ein besseres Leben. Rosa, Isabel und Beatriz, drei Frauen, deren Schicksale durch die grausame Hand des Lebens miteinander verknüpft waren, hatten den Club La Noche Mágica, ihr Gefängnis, hinter sich gelassen. Doch die Freiheit, die sie so verzweifelt suchten, war ihnen noch fern. Die Schatten der Vergangenheit verfolgten sie unerbittlich. Die Dunkelheit hüllte die drei ein, als sie über die staubigen Straßen hetzten. Ihre Gesichter waren gezeichnet von Angst und Entschlossenheit, eine Mischung aus Adrenalin und Panik trieb sie voran. Beatriz hielt sich die Brust, ihr Atem kam schwer und unregelmäßig, das Blut sickerte durch ihre Finger. „Wir müssen Hilfe finden," keuchte Rosa, ihre Stimme zitterte vor Anstrengung. „Ich kenne jemanden, der uns helfen kann." „Wer?" fragte Isabel atemlos, ihre Augen voller Sorge auf Beatriz gerichtet. „Ein Tierarzt," antwortete Rosa. „Er ist Kunde im Club. Vielleicht kann er uns helfen." Die Luft war schwer und trocken, ein stummer Zeuge ihrer verzweifelten Flucht. Rosa, die einst glaubte, die Kontrolle über ihr eigenes Schicksal verloren zu haben, spürte nun die Last der Verantwortung für ihre Freundinnen auf ihren Schultern. Ihre Gedanken rasten, doch sie zwang sich zur Ruhe. Jede Entscheidung musste sorgfältig abgewogen werden, jeder Schritt überlegt. In einem abgelegenen Viertel erreichten sie schließlich die Praxis des Tierarztes. Rosa klopfte energisch an die Tür, ihre Augen flehten um Hilfe. Doch die Minuten verstrichen und nichts geschah. „Er ist nicht da," flüsterte Beatriz schwach, ihre Stimme brüchig vor Schmerz. „Er muss da sein," beharrte Rosa und klopfte erneut, diesmal lauter. Endlich hörten sie Schritte hinter der Tür, aber als sie sich öffnete, sahen sie nur einen schmalen Spalt und das müde Gesicht des Tierarztes, das durch die Dunkelheit lugte. „Rosa? Was zum Teufel wollt ihr hier?" fragte er misstrauisch. „Es ist mitten in der Nacht." „Wir brauchen deine Hilfe," sagte Rosa drängend. „Unsere Freundin ist verletzt." „Das ist nicht mein Problem," erwiderte der Tierarzt und wollte die Tür schließen. „Geht ins Krankenhaus." „Warte!" rief Rosa, ihr Herz schlug heftig. „Wenn du uns nicht sofort hilfst, wecke ich deine liebe Frau und erzähle ihr, was du nach der Arbeit so treibst." Der Tierarzt starrte sie an, Entsetzen und Zorn kämpften in seinen Augen. „Das würdest du nicht wagen," zischte er. „Möchtest du es wirklich so weit kommen lassen?" erwiderte Rosa kalt. „Wir haben keine Zeit zu verlieren." Zähneknirschend öffnete der Tierarzt die Tür und zog sie schnell herein. „Was ist passiert?" fragte er genervt, während er Beatriz auf eine Liege legte. „Keine Zeit für Erklärungen," drängte Rosa. „Bitte, hilf ihr einfach." Der Tierarzt nickte und begann sofort, Beatrizs Wunde zu versorgen. Er arbeitete schnell und präzise, seine Hände ruhig und erfahren. Die Stunden verstrichen qualvoll langsam, jede Sekunde ein weiterer Schritt näher an die Morgendämmerung, die ihnen vielleicht eine neue Chance bieten würde. Nachdem Beatriz notdürftig versorgt war, brachen die drei Frauen in ein nahegelegenes Möbelhaus ein, um dort die Nacht zu verbringen. Die Stille, die sich über sie legte, war schwer und drückend, doch sie barg auch eine flüchtige Sicherheit. Das Möbelhaus war dunkel und still, die Luft roch nach Holz und frischem Lack. Für einen Moment konnten sie sich ausruhen, die Anspannung fiel von ihren Schultern. „Wir können nicht ewig hier bleiben," sagte Rosa leise, ihre Stimme war müde. „Wir müssen einen Plan schmieden." „Aber was, wenn sie uns finden?" fragte Beatriz, ihre Augen waren groß vor Angst. „Dann kämpfen wir," sagte Isabel entschlossen. „So wie immer." Am nächsten Morgen weckte die graue Dämmerung eine neue, doch ebenso schreckliche Realität. Während Isabel und Rosa über das weitere Vorgehen diskutierten, zog sich Beatriz in eine Ecke zurück. Mit zitternden Händen wählte sie die Nummer ihrer Mutter in Kuba. Der Gedanke an ihren Sohn, der dort bei ihrer Mutter lebte, quälte sie. „Mami, ich bin's, Beatriz," sagte sie leise ins Telefon, ihre Stimme zitterte. „Du musst deine Sachen packen und mit Miguel fliehen. Es ist nicht sicher bei euch." „Was redest du da, Beatriz?" antwortete ihre Mutter kalt. Beatriz beichtete ihr, dass sie keine Kellnerin sei, sondern als Prostituierte arbeitete. Die Mutter war nicht mal ansatzweise überrascht oder schockiert. Sie sagte nur: „Du solltest zurück ins Bordell gehen und Geld verdienen. Das ist deine einzige Aufgabe." Beatrizs Augen weiteten sich vor Schock. „Mami, wie kannst du so etwas sagen? Ich kann nicht zurück. Das Leben dort ist die Hölle." „Du hast keine Wahl," sagte ihre Mutter schneidend. „Und hör auf, so dramatisch zu sein. Das Geld, das sie mir schicken, ist das Einzige, was uns über Wasser hält." Beatriz spürte, wie ihre Welt ins Wanken geriet. „Mami... was meinst du?" „Das Bordell schickt mir jeden Monat Geld," sagte ihre Mutter ohne Zögern. „Seitdem ich dich damals dorthin geschickt habe." Die Erkenntnis traf Beatriz wie ein Schlag ins Gesicht. Sie konnte nicht glauben, was sie hörte. Ihre eigene Mutter hatte sie verkauft und war mitschuldig an ihrem Leid. Die Tränen schossen ihr in die Augen. „Ich kann nicht mehr," flüsterte sie und legte auf, ohne eine weitere Antwort abzuwarten. Sie begann unkontrolliert zu weinen, die Tränen liefen ihr über das Gesicht. Isabel, die die Szene beobachtet hatte, trat zu ihr und legte beruhigend einen Arm um ihre Schultern. „Es wird alles gut, Beatriz," sagte sie sanft. „Wir sind für dich da." „Vielleicht ist Raul tot. Er sah ziemlich übel aus, als er da am Boden in seiner Blutlache lag. Ich wollte keine Mörderin sein," schluchzte Beatriz. „Und jetzt das mit meiner Mutter... Ich weiß nicht mehr, wem ich vertrauen kann." „Du hast uns," sagte Isabel fest. „Und wir werden zusammen da durchkommen." Ihre Herzen pochten laut in der Stille, die folgte. Die Gefahr war vorerst gebannt, doch das Gefühl der Bedrohung hing weiterhin schwer in der Luft. Plötzlich hörten die drei Frauen das unheilvolle Knarren einer Tür, gefolgt von schweren, drohenden Schritten, die in der Stille des verlassenen Möbelhauses widerhallten. Sie erstarrten, ihre Herzen setzten einen Schlag aus, als die Schritte immer näher kamen. Dann trat er aus den Schatten hervor – ein Wachmann, ein massiger Hüne von einem Mann, dessen Augen in der Dunkelheit glühten wie die eines Raubtiers. Seine Präsenz allein füllte den Raum mit einer Bedrohung, die das Blut in ihren Adern gefrieren ließ. „Was zum Teufel macht ihr hier?" brüllte er, seine Stimme donnerte durch die Leere, während er mit gezogener Waffe auf die Frauen zustürmte. Die tödliche Entschlossenheit in seinem Blick ließ keinen Zweifel daran, dass er bereit war, ohne zu zögern zu schießen. Isabel reagierte instinktiv. Mit einem schrillen Schrei, der wie ein Kriegsschrei durch die Dunkelheit schnitt, warf sie sich auf ihn, wild entschlossen, ihn zu überwältigen. Doch der Wachmann war schneller, kräftiger. Er packte sie grob, schleuderte sie zu Boden wie eine Puppe, und ihre Welt taumelte ins Chaos, als sie hart auf dem kalten Beton aufschlug. Ein Schmerz durchzuckte ihren Körper, doch es war der Schuss, der als nächstes fiel, der das Blut in ihren Ohren rauschen ließ. Die Kugel durchbrach die Stille mit einem ohrenbetäubenden Krachen, während Rosa und Beatriz reflexartig hinter die nächstgelegenen Möbel sprangen. Splitter von Holz und Glas flogen durch die Luft, als die tödlichen Projektile über ihre Köpfe hinweg zischten. Das Echo der Schüsse verhallte in ihren Ohren, aber die Gefahr war noch lange nicht vorüber. „Bleibt unten!" schrie Rosa, ihre Stimme überschlug sich vor Panik, doch auch vor Entschlossenheit. „Isa, Bea, wir müssen ihn überwältigen." Die beiden nickten, ihre Augen weiteten sich vor Angst, aber in ihren Blicken flackerte auch ein Funken Widerstand. Sie hatten schon zu viel durchgemacht, um jetzt aufzugeben. Geduckt, jede Bewegung von dem Wissen begleitet, dass ein einziger Fehler ihr letzter sein könnte, schlichen sie durch das Labyrinth der Möbel, während der Wachmann seine Waffe immer wieder feuerte, die Kugeln klatschten in die Wände und zertrümmerten alles, was ihnen in den Weg kam. Der Wachmann wurde zunehmend frustriert, seine Bewegungen wurden hektischer, sein Atem schwerer. Er hatte die Kontrolle über die Situation verloren. Doch das Wissen um seine Überlegenheit machte ihn nur gefährlicher, seine Augen funkelten in mörderischer Wut. Und dann – ein Augenblick der Unachtsamkeit. Isabel, die sich geschmeidig wie eine Katze durch die Gänge schlich, hatte ihre Chance. Mit einer entschlossenen Bewegung griff sie nach einer schweren Pfanne aus der Küchenabteilung. Sie sammelte all ihre Kraft, all ihre Angst, und schwang die Pfanne mit brutaler Wucht gegen den Schädel des Wachmanns. Das Krachen des Aufpralls war ohrenbetäubend. Der Wachmann schwankte, seine Waffe fiel klappernd zu Boden, und in diesem Moment stürzten sich Rosa und Beatriz auf ihn. Mit einer verzweifelten Kraft, angetrieben von purem Überlebenswillen, brachten sie ihn zu Boden. Sie fesselten ihn mit allem, was sie finden konnten – Kabel, Stofffetzen, alles, was sie in die Finger bekamen. Der Wachmann stöhnte, doch er war vorerst außer Gefecht gesetzt. „Wir müssen hier raus," keuchte Rosa, ihre Brust hob und senkte sich in rasendem Tempo. „Jetzt sofort." Aber die Gefahr war noch lange nicht vorbei. Als Rosa hektisch nach ihrem Handy griff, um nach einem Ausweg zu suchen, klingelte es plötzlich, das grelle Geräusch schnitt durch die Stille wie ein Messer. Mit zitternden Händen nahm sie den Anruf entgegen – und erstarrte. Die Stimme am anderen Ende ließ ihr das Blut in den Adern gefrieren. „Ich werde euch finden," zischte Raul, ihr Peiniger, am anderen Ende der Leitung, seine Stimme triefte vor Hass. „Und dann werde ich unaussprechliche Dinge mit euch anstellen." Rosa versuchte, ihre zitternden Hände zu beruhigen, doch ihre Stimme verriet sie, als sie antwortete: „Raul, lass uns einfach in Ruhe. Du hast genug angerichtet." „Genug?" höhnte Raul, seine Stimme eine bedrohliche Mischung aus Spott und Wahnsinn. „Ich habe gerade erst angefangen. Ihr dachtet, ihr könntet mich einfach ausschalten und weglaufen? Ihr habt keine Ahnung, was ich mit euch vorhabe." Rosa konnte kaum atmen, ihr Herz raste. „Es ist vorbei, Raul. Wir lassen uns nicht mehr von dir beherrschen." „Vorbei?" Rauls Lachen war kalt und grausam. „Das werdet ihr noch bereuen. Ich werde euch finden, und wenn ich das tue, werdet ihr euch wünschen, dass ihr nie geboren worden wärt." Die Verbindung brach ab, doch das Echo seiner Worte hallte in Rosas Kopf wider. Ihr ganzer Körper bebte vor Angst, doch sie wusste, dass sie keine Zeit hatten. „Wir müssen weg," flüsterte sie, ihre Stimme erstickte beinahe. „Wie ist das möglich?" fragte Isabel, die Augen weit vor Schock. „Wir haben ihn doch getötet!" „Er muss jemanden haben, der uns verfolgt," überlegte Rosa fieberhaft. „Oder er hat einen Peilsender an uns befestigt." Die Realität traf sie wie ein Schlag. Sie waren noch nicht außer Gefahr, im Gegenteil – das Spiel hatte gerade erst begonnen, und Raul hielt die Regeln in seinen Händen. Ihre einzige Hoffnung war die Flucht, aber die Schatten der Vergangenheit waren ihnen dichter auf den Fersen, als sie es sich je hätten vorstellen können. Sie schnappten sich ihre Sachen, und ohne noch einmal zurückzublicken, stürmten sie aus dem Möbelhaus und setzten sich in den erstbesten Bus, den sie finden konnten. Was die Frauen jedoch nicht wussten, war, dass Raul tatsächlich einen Peilsender in Rosas Handy installiert hatte. Die Handlanger von Raul, Mateo und Carlos, waren den Frauen längst schon auf den Fersen. Sie verfolgten den Bus, in dem die Frauen eingestiegen waren. „Ich habe das Gefühl, wir sind noch nicht außer Gefahr," sagte Isabel nervös, ihre Augen scannten die vorbeiziehenden Straßen ab. „Wenn es einen Peilsender gibt, müssen wir ihn finden," sagte Rosa entschlossen. „Ich kenne Raul. Er ist zwar ein Arschloch, aber dumm ist er nicht." Die Reise der drei Frauen war noch lange nicht zu Ende, und die Schatten, die sie verfolgten, würden sie nicht so leicht loslassen. In ihren Herzen trugen sie die Glut des Widerstands, eine Flamme, die auch in der dunkelsten Nacht nicht erlöschen würde.

KAPITEL 3 – LIEBESGESCHICHTEN

Die Nacht hatte sich wie eine kalte Decke über das Land gelegt, als Rosa, Beatriz und Isabel durch die verlassene Straße fuhren. Plötzlich bemerkten sie, dass Mateo und Carlos, die schon seit einer Weile den Bus verfolgten, in einen hitzigen Streit mit einem Autofahrer verwickelt waren. Die Gelegenheit war günstig. „Shit! Mateo und Carlos sind im Auto hinter uns." Bemerkte Rosa erschrocken. „Wir müssen hier raus, jetzt!", sagte Rosa entschlossen. Sie schlüpften unbemerkt hinaus. Die beiden Männer waren noch immer vertieft in dem Streit mit dem anderen Autofahrer. In der Dunkelheit huschten sie zu einem nahegelegenen Hotel, dessen Besitzer Beatrizs angeblicher Freund war. Das Hotel war klein und unscheinbar, doch es versprach vorübergehenden Schutz. Beatriz führte die Gruppe zur Rezeption, wo sie ihren Freund Pedro traf. Er blickte überrascht auf, als er Beatriz sah. „Bea?! Was machst du hier?" Pedro sah verwirrt aus. „Was ist passiert?" Beatriz atmete tief durch, ihre Stimme war von Dringlichkeit und Erschöpfung geprägt. „Pedro, bitte. Wir brauchen deine Hilfe. Wir müssen untertauchen, nur für eine Weile. Und dann… vielleicht können wir zusammen abhauen, weg von all dem hier." Pedro war sichtlich überrumpelt. „Abhauen? Beatriz, ich…" Er zögerte und führte sie in sein Büro. „Lass uns reden", sagte er leise. Drinnen kam es nicht zu dem Gespräch, das Beatriz sich erhofft hatte. Das Büro war klein, ein schmaler Raum, überfüllt mit alten Akten und dem Geruch von Zigarettenrauch. Pedro schloss die Tür hinter ihnen und lehnte sich gegen den Schreibtisch, seine Stirn in Falten gelegt, als er Beatriz musterte. „Was ist hier wirklich los, Bea? Wer sind diese Frauen? Warum musst du plötzlich untertauchen?" Beatriz spürte, wie ihr Herz schwer in ihrer Brust wurde, als sie versuchte, die richtigen Worte zu finden. „Pedro, es ist kompliziert. Wir sind auf der Flucht. Es gibt Leute, die uns verfolgen, und wenn sie uns finden…" Sie brach ab, unfähig, den Gedanken zu Ende zu führen. „Wir haben niemanden sonst, zu dem wir gehen können." Pedro beobachtete sie, sein Gesichtsausdruck wechselte zwischen Besorgnis und etwas anderem, Dunklerem. „Du weißt, dass ich dir immer helfen werde,

Beatriz", sagte er schließlich, doch seine Stimme klang weniger überzeugend, als sie gehofft hatte. Er machte einen Schritt auf sie zu, legte seine Hände auf ihre Schultern und zog sie sanft näher. „Aber... wir könnten auch einfach hierbleiben, uns verstecken... und das Beste aus dieser Situation machen." Beatriz fühlte, wie sich ihre Nackenhaare aufstellten, als er seine Hände tiefer wandern ließ. „Pedro, bitte", flüsterte sie, doch er hörte nicht auf. Seine Finger gruben sich tiefer in ihren Rücken, während er seine Lippen auf ihren Hals drückte. „Lass uns diesen Moment genießen", murmelte er zwischen den Küssen. Sie erstarrte, ein kaltes Schaudern durchlief ihren Körper. Für einen Moment war sie wie gelähmt, unfähig, sich zu wehren, unfähig, den Schmerz in ihrer Brust zu ignorieren, der mit jedem seiner Küsse stärker wurde. „Pedro... bitte hör auf", sagte sie schließlich, ihre Stimme brüchig und kaum hörbar. Aber er war bereits zu weit gegangen, seine Hände waren fordernder, seine Küsse verlangender. Beatriz konnte die Tränen, die in ihren Augen brannten, nicht länger zurückhalten. Sie wusste, dass er nicht aus Liebe oder Zuneigung handelte. Es war pure Selbstsucht, die ihn antrieb, die Gier nach etwas, das ihm nie wirklich gehörte. Ihre Gedanken rasten, sie erinnerte sich an die unzähligen Male, in denen sie geglaubt hatte, Pedro könnte derjenige sein, der sie aus dieser Hölle befreit. Aber jetzt, in diesem schäbigen Büro, wurde ihr klar, wie naiv sie gewesen war. Er war kein Retter, sondern nur ein weiterer Mann, der sie für seine eigenen Bedürfnisse ausnutzte. Der Schmerz der Enttäuschung vermischte sich mit der körperlichen Angst, die sie durchfuhr, als sie unter seinem Gewicht nachgab. Während sie miteinander schliefen, wurde Beatriz von einem tiefen Gefühl der Leere und Verzweiflung erfasst. Sie fühlte sich, als würde sie in einen dunklen Abgrund stürzen, aus dem es kein Entkommen gab. Jeder Moment, jede Berührung, brachte ihr nur mehr Schmerz, mehr Erniedrigung. Sie hatte gehofft, in Pedro eine Zuflucht zu finden, jemanden, der sie wirklich sah, der sie verstand. Doch jetzt wusste sie, dass er nichts von dem war. Er war nur ein weiterer Mann in einer langen Reihe von Männern, die sie benutzt hatten, ohne jemals zu erkennen, wer sie wirklich war. Als alles vorbei war, zog sich Beatriz hastig an, während Pedro mit einem zufriedenen Lächeln auf dem Gesicht auf dem Schreibtisch saß. „Das war schön, Bea", sagte er, als wäre nichts passiert, als wäre dies ein ganz normaler Moment zwischen ihnen. Doch Beatriz konnte nicht antworten. Ihre Hände zitterten, als sie ihre Kleidung richtete, und sie vermied seinen Blick. „Wir... wir müssen zurück zu den anderen", stammelte sie, ihre Stimme kaum mehr als ein Flüstern. Sie konnte es nicht ertragen, länger in diesem Raum zu bleiben, bei ihm zu bleiben. Pedro schien ihre plötzliche Eile nicht zu bemerken oder es war ihm egal. „Natürlich, Bea. Aber du weißt, dass du immer zu mir kommen kannst, wenn du etwas brauchst." Sein Tonfall war glatt, fast beiläufig, als hätte er nicht gerade ihre Seele zerrissen. Beatriz nickte nur stumm, ihre Augen auf den Boden gerichtet, als sie das Büro verließ. In der Zwischenzeit entspannten Rosa und Isabel am Hotelpool. Die kühle Nachtluft und das sanfte Plätschern des Wassers boten einen kurzen Moment des Friedens. Isabel lehnte sich zurück, ihre Augen suchten den Sternenhimmel. „Denkst du, wir schaffen es irgendwann hier raus?", fragte Isabel leise. Rosa zuckte mit den Schultern. „Ich weiß es nicht. Aber wir dürfen die Hoffnung nicht aufgeben." Doch Rosa konnte nicht abschalten. Die Erinnerungen an ihre gemeinsame Zeit mit Mateo quälten sie. „Er war nicht immer so", murmelte sie mehr zu sich selbst. „Wer? Mateo?", fragte Isabel, ihr Interesse geweckt. Rosa nickte. „Er war mein Fahrer, und irgendwann... mehr als das. Wir hatten etwas Besonderes. Aber jetzt..." Die Sehnsucht nach den besseren Zeiten und die Angst vor der Gegenwart überwältigten sie, und sie griff nach den Pillen, die ihre einzige Zuflucht geworden waren. Ohne sie konnte sie nicht mehr funktionieren. Beatriz kehrte mit leerem Blick vom Büro zurück, ihre Enttäuschung und Verletzung waren offensichtlich. Sie setzte sich wortlos zu den anderen Frauen. „Beatriz, alles in Ordnung?", fragte Isabel besorgt. Beatriz schüttelte den Kopf, Tränen standen ihr in den Augen. „Pedro... er wollte nur das eine. Er hat nicht mal zugehört, was ich wirklich wollte." „Verdammte Schweine alle", murmelte Isabel und legte einen Arm um Beatriz. „Wir kommen da raus. Gemeinsam." Plötzlich durchbrach eine bekannte Stimme die relative Stille des Poolbereichs. „Ihr dachtet, ihr könntet entkommen?" Mateo und Carlos standen vor ihnen, ihre Gesichter hart und entschlossen. Die Frauen erstarrten vor Schock. „Mateo...", hauchte Rosa, ihre Stimme war kaum mehr als ein Flüstern. „Das Spiel ist vorbei", sagte Mateo leise, doch seine Stimme war mit Bedrohung getränkt. „Ihr kommt mit uns zurück." „Wir werden niemals zurückgehen!", schrie Isabel trotzig. Carlos zog eine Waffe und richtete sie auf die Frauen. „Wir wollen keinen Ärger, okay? Kommt einfach mit." „Mateo, bitte", flehte Rosa. „Das muss nicht so enden." „Es tut mir leid, Rosa", sagte Mateo, und für einen Moment schien sein Blick weicher zu werden. „Aber ich habe keine Wahl." Die Frauen wussten, dass sie in eine Falle getappt waren. Die Flucht war vorüber, und die Dunkelheit der Nacht bot keinen Schutz mehr. Das Hotel, das ihnen Zuflucht bieten sollte, war nun ihr Gefängnis, und die Hoffnung auf Freiheit schwand in der Kälte der Realität.

KAPITEL 4 – GEFANGEN IM PARADIES

Der Mond schien hell vom Himmel, auf die üppigen Palmen herab und spiegelte sich grell im türkisfarbenen Wasser des Hotelpools. Doch das Paradies war trügerisch, ein schöner Schein, der die wahren Schrecken im Schatten verbarg. Rosa, Isabel und Beatriz hatten sich in einer dunklen Ecke des Pools verkrochen, ihre Gesichter waren von Angst und Erschöpfung gezeichnet. Die Hitze drückte schwer auf sie herab, aber noch schwerer lastete die Furcht vor den Dämonen, die ihnen auf den Fersen waren. Sie waren auf der Flucht, nachdem sie ihren Zuhälter Raul brutal niedergestreckt hatten. Sein Schädel war zertrümmert, sein Körper ans Krankenhausbett gefesselt, doch sein Verlangen nach Rache lebte weiter. Mateo und Carlos, Rauls unbarmherzige Handlanger, waren fest entschlossen, diese Rache zu vollstrecken. Die beiden Männer hatten die Frauen aufgespürt und standen nun bedrohlich am Rand des Pools, ihre Blicke kalt wie die Klinge eines Messers, ihre Absichten tödlich. Rosa hielt den Atem an, als Mateo und Carlos einen Schritt auf sie zumachten. Doch in dem Moment trat der Hotelbesitzer, begleitet von seinem stämmigen Bodyguard, entschlossen vor. Seine Stimme war fest, aber die Bedrohung lag greifbar in der Luft: „Sie haben keine Befugnis, hier zu sein. Verlassen Sie sofort das Gelände!" Mateos Gesicht verzerrte sich in einer Mischung aus Wut und Hass. Seine Fäuste ballten sich, die Sehnen traten hervor, bereit zuzuschlagen. „Wer glaubt dieser Kerl, wer er ist?" zischte Mateo,

18

seine Augen brannten vor aufgestauter Wut. „Wir sind nicht hier, um Befehle zu empfangen." Carlos legte ihm eine Hand auf den Arm, sein Griff war hart und bestimmend. „Nicht hier. Nicht jetzt," zischte er gefährlich und zog Mateo ein Stück zurück. „Wir haben einen Job zu erledigen, und das letzte, was wir brauchen, ist, Aufmerksamkeit auf uns zu ziehen." Mateo schnappte nach Luft, seine Brust hob und senkte sich heftig. „Carlos, diese Bastarde zollen uns nicht den Respekt, den wir verdienen!" Carlos' Blick war kalt und analytisch. „Das werden wir. Aber nicht hier, nicht in aller Öffentlichkeit. Wir werden uns eine Gelegenheit verschaffen, wo niemand uns aufhalten kann." Er zog Mateo noch weiter zurück, bis sie außer Hörweite des Hotelbesitzers waren. Mateo knirschte mit den Zähnen und starrte in den Pool, in dem die Frauen noch immer kauerten. „Das hier läuft anders, als ich es geplant hatte. Wir hätten sie längst packen und verschwinden sollen." Carlos seufzte, versuchte seinen älteren Bruder zu beruhigen. „Ich weiß, dass du wütend bist, Mateo. Aber wir dürfen uns nicht von unserer Wut leiten lassen. Wenn wir jetzt etwas überstürzen, könnten wir alles verlieren." Mateo spuckte auf den Boden und funkelte die Frauen noch einmal an, bevor er sich widerwillig umdrehte. „Dann sollten wir wenigstens einen verdammten Plan haben. Diese Flucht hat zu lange gedauert." „Und den werden wir haben," sagte Carlos, während er auf den Wagen zuging. „Aber erst müssen wir einen klaren Kopf kriegen. Lass uns nachdenken, bevor wir handeln." Mit zusammengepressten Lippen nickte Mateo schließlich, und die beiden Männer zogen sich mürrisch zu ihrem Wagen zurück. Während sie im Auto saßen, war die Luft förmlich zum Schneiden dick vor Spannung. Mateo trommelte mit den Fingern wütend auf das Lenkrad, seine Kiefer mahlten, als er leise fluchte. „Das ist verdammt noch mal lächerlich," fauchte er schließlich, seine Stimme war ein brodelndes Gewitter. „Wie konnten wir so leichtfertig sein? Wir hätten sie einfach packen sollen." Carlos blinzelte nicht einmal, als er antwortete. „Beruhig dich," sagte er mit eisiger Ruhe. „Wir haben immer noch die Oberhand. Sie können nicht ewig fliehen. Wir brauchen nur einen neuen Plan." Mateo schnaubte verächtlich. „Einen neuen Plan? Und wie genau soll der aussehen? Sie verstecken sich in einem Hotel, das wie eine verdammte Festung gesichert ist. Sollen wir etwa das ganze Gebäude stürmen?" Seine Stimme vibrierte vor Zorn und Frustration. Carlos fixierte seinen Bruder mit einem eindringlichen Blick. „Mateo, hör auf, dir vorzustellen, dass Gewalt immer die Antwort ist. Wir müssen strategisch vorgehen. Sie werden einen Fehler machen, und wenn sie das tun, werden wir da sein, um sie zu erwischen. Verstehst du?" Mateo ließ seinen Kopf gegen das Lenkrad fallen und starrte auf das Armaturenbrett. „Carlos, ich verstehe es, wirklich. Aber es fällt mir schwer, ruhig zu bleiben, während diese Huren uns einfach entkommen. Raul wird uns umbringen, wenn wir versagen." Carlos legte eine Hand auf Mateos Schulter. „Das werden wir nicht. Wir müssen nur noch einen Schritt vorausdenken. Es gibt immer einen Weg, immer eine Lücke, die wir ausnutzen können. Lass uns überlegen, wie wir sie dazu bringen, aus ihrem Versteck zu kommen. Und dann schlagen wir zu, ohne zu zögern." Mateo nickte langsam, seine Wut ließ allmählich nach, ersetzt durch eine düstere Entschlossenheit. „Du hast recht. Lass uns einen Plan ausarbeiten. Aber das nächste Mal..." Er hielt inne, seine Augen blitzten gefährlich. „Das nächste Mal wird es keinen Ausweg mehr für sie geben." „Genau," antwortete Carlos, seine Stimme war leise und bedrohlich. „Das nächste Mal werden wir vorbereitet sein. Und dann wird es für sie keine Rettung mehr geben." Am Hotelpool lag eine bleierne Stille in der Luft, die von der Angst durchbrochen wurde, die Rosa, Isabel und Beatriz erfasste. Sie wussten, dass ihre Zeit ablief. „Wir müssen weg, bevor sie wiederkommen," flüsterte Isabel, ihre Stimme bebte vor nackter Panik. „Aber wohin?" fragte Beatriz mit erstickter Stimme, ihre Augen waren weit aufgerissen, voll von Unsicherheit und Schrecken. Rosa überlegte fieberhaft, ihr Blick wanderte suchend umher. „Wir brauchen ein Versteck, einen Ort, an dem sie uns nicht so leicht finden können." Beatriz' Stimme zitterte, als sie vorsichtig fragte: „Vielleicht sollten wir jemanden um Hilfe bitten? Ich meine, wir können das nicht allein durchstehen... Es gibt doch Menschen, die uns helfen könnten, oder?" Isabel schüttelte hektisch den Kopf, ihre Hände zitterten vor Anspannung. „Wem sollen wir vertrauen? Jeder könnte uns verraten. Hast du vergessen, dass jeder, dem wir bisher vertraut haben, uns im Stich gelassen hat? Wer sagt, dass der nächste nicht genauso ist?" Beatriz' Augen füllten sich mit Tränen der Verzweiflung. „Aber was sollen wir denn sonst tun? Wir haben doch keine andere Wahl," flüsterte sie flehend. „Wir können nicht für immer weglaufen. Irgendwann holen sie uns ein, und dann..." Ihre Stimme brach ab, die Furcht überwältigte sie. Rosa nickte schließlich, ihre Entschlossenheit kehrte zurück, aber es war ein Entschluss, der in Furcht geschmiedet war. „Bea hat recht," stimmte sie zu, ihre Stimme war leise, aber fest. „Wir brauchen Unterstützung. Aber wir müssen vorsichtig sein." Sie sah ihre Freundinnen eindringlich an. „Wenn wir Hilfe suchen, dann nur von jemandem, dem wir absolut vertrauen können." Keine Fehler, keine Risiken. Ein einziger falscher Schritt, und es ist vorbei." Isabel atmete tief ein und aus, versuchte, ihre Nerven zu beruhigen. „Rosa, du weißt, dass wir hier nicht viele Optionen haben. Wer würde uns denn überhaupt helfen? Wir haben Raul verletzt, wir sind praktisch gejagt. Wer würde sich für uns in Gefahr bringen?" „Ich weiß es nicht," antwortete Rosa nachdenklich. „Aber wir müssen jemanden finden. Jemanden, der genauso viel zu verlieren hat wie wir. Jemanden, der vielleicht auch etwas von Raul zu befürchten hat und uns deshalb hilft. Wenn wir das schaffen, haben wir vielleicht eine Chance." „Und wenn nicht?" fragte Beatriz, ihre Stimme war kaum mehr als ein Flüstern. Rosa sah sie ernst an, ihre Augen waren fest. „Dann werden wir kämpfen. Bis zum Ende." Plötzlich erstarrte Rosa. Ihr Gesichtsausdruck veränderte sich innerhalb eines Herzschlags, ihre Augen weiteten sich, ihr Mund öffnete sich zu einem stummen Schrei. Ihr Körper begann unkontrolliert zu zittern, ihre Muskeln krampften sich schmerzhaft zusammen. Sie stürzte rücklings zu Boden, ihre Glieder zuckten wild, als ob ein unsichtbarer Strom sie durchfuhr. „Oh mein Gott, Rosa!" schrie Isabel, ihre Hände flogen zu Rosas Tasche, suchten panisch nach dem rettenden Medikament. „Nicht jetzt! Bitte, nicht jetzt!" Beatriz' Augen füllten sich mit Tränen, als sie Rosa ansah, die unaufhörlich krampfte. „Rosa, bleib bei uns! Bitte!" schrie sie verzweifelt, ihre Stimme brach unter der Last ihrer Angst. Isabels Finger rutschten wieder und wieder ab, ihre Hände zitterten unkontrolliert, während sie versuchte, die Spritze vorzubereiten. „Beeil dich, Isabel!" schrie Beatriz hysterisch, ihre Stimme war fast ein Kreischen. Endlich, nach endlos scheinenden Sekunden, schaffte Isabel es, die Spritze in Rosas Halsschlagader zu setzen. „Bleib bei uns, Rosa," flüsterte Isabel, ihre Stimme voller Verzweiflung und Hoffnung zugleich. Sie drückte den Kolben herunter, das Medikament strömte in Rosas Blutbahn, und langsam, quälend langsam, begannen die Krämpfe nachzulassen. Rosas Körper entspannte sich, ihr Atem war schwer, aber regelmäßig. „Oh Gott, Rosa," schluchzte Isabel, während sie ihre Freundin fest umarmte. „Wir dachten, wir verlieren dich." Rosa blinzelte schwach, ihre Augen waren trüb vor Erschöpfung. Sie brachte ein erschöpftes Lächeln zustande und flüsterte: „Ich bin... ich bin noch hier." Ihre Stimme war kaum mehr als ein Hauch. Erschöpft und verängstigt lagen die drei Frauen nebeneinander auf dem kalten Boden. „Das kann so nicht weitergehen," sagte Beatriz schließlich, ihre Stimme war brüchig, fast hoffnungslos. Rosa hatte zu viele Drogen geschluckt. Das war nicht das erste Mal, dass sie Isabel und Beatriz in Panik versetzte. „Was sollen wir denn tun?" fragte Isabel verzweifelt und starrte Rosa an, die noch immer blass und schwach wirkte. „Wir können nicht ewig so weitermachen. Sie werden uns irgendwann finden." Rosa, die Anführerin der kleinen Gruppe, nickte entschlossen. Ihre Augen waren noch immer müde, aber in ihrem Blick lag ein Funke Entschlossenheit. „Wir setzen dem ein Ende," erklärte sie mit fester Stimme, ihre Worte waren wie ein Schwur. „Wie sollen wir das anstellen?" fragte Isabel skeptisch, ihre Augen waren voll von Zweifel. „Wir sind nicht bewaffnet, und sie sind zu zweit. Was haben wir gegen sie auszurichten?" Rosa sah sie direkt an, ihre Augen funkelten vor Entschlossenheit. „Wir werden bewaffnet sein," sagte sie bestimmt. „Und wir werden sie überraschen." Beatriz' Augen weiteten sich in schockierter Ungläubigkeit. „Du willst also wirklich zurück zum Club?" fragte sie ungläubig, ihre Stimme zitterte vor Angst. „Das ist Wahnsinn!" „Es ist unsere einzige Chance," sagte Rosa mit einer Ruhe, die die anderen erschreckte. „Wir holen Rauls Geld und verschwinden für immer. Das ist unsere einzige Möglichkeit." Am nächsten Morgen standen die Frauen vor dem Wagen von Mateo und Carlos. Rosa hielt die Waffe fest in der Hand, ihre Augen waren auf die beiden Männer gerichtet. „Ihr bringt uns zurück zum Club. Wir holen das Geld aus dem Safe," befahl Rosa mit eisiger Stimme, die keine Widerrede duldete. Mateo funkelte sie an, seine Augen sprühten vor Zorn. „Seid ihr verrückt?!" rief er, seine Stimme überschlug sich. „Ihr habt keine Ahnung, worauf ihr euch einlasst. Das hier ist nicht euer Spiel, und ihr seid nicht die Spielerinnen!" Rosa ließ sich nicht einschüchtern. „Oh, wir wissen genau, worauf wir uns einlassen," antwortete Isabel, ihre Stimme war fest und entschlossen. „Fahr jetzt, oder du wirst es bereuen." Mateo starrte Rosa an, sein Gesicht war eine Maske aus Wut und Verachtung. „Ihr habt keine Ahnung, mit wem ihr euch anlegt," knurrte er, während er sich ans Steuer setzte. Carlos, widerwillig und voller Hass, setzte sich neben ihn. Er drehte sich zu den Frauen um, sein Blick war tödlich. „Ihr seid wirklich so dumm, wie ihr ausseht," sagte er leise, aber seine Worte waren scharf wie ein Messer. Rosa antwortete nicht, ihr Griff um die Waffe wurde fester. „Fahr," befahl sie erneut. Die Fahrt begann ruhig, doch kaum hatten sie die Straße erreicht, begann Mateo schneller und schneller zu fahren. Isabel, die hinten saß, bemerkte die plötzliche Veränderung in seiner Fahrweise. „Halt an!" schrie sie, aber Mateo ignorierte sie, sein Blick war starr auf die Straße gerichtet, seine Hände umklammerten das Lenkrad, als wolle er es zerbrechen. „Mateo, du wirst uns alle umbringen!" rief Beatriz in Panik, doch ihre Worte schienen nicht zu ihm durchzudringen. Isabel zog ihre Waffe und richtete sie auf Carlos' Kopf. „Ich zähle bis drei," zischte sie, ihre Stimme war eiskalt und tödlich. „Entweder du hältst an, oder ich drücke ab." Carlos' Augen funkelten vor mörderischer Wut. „Du hast keinen Schimmer, mit wem du dich anlegst, Mädchen," knurrte er leise, aber Isabel war unbeeindruckt. Ihre Hand war ruhig, ihre Augen fest auf ihn gerichtet. „Eins," begann Isabel, ihre Stimme war fest. „Zwei." „Isabel, nicht!" flehte Beatriz, ihre Stimme war eine Mischung aus Angst und Verzweiflung, doch Isabels Entschlossenheit war unerschütterlich. „Drei." Isabel drückte ab. Die Kugel zischte durch die Luft und streifte Carlos' Ohr. Das Auto kam mit einem kreischenden Geräusch zum Stehen. Carlos packte Isabel und zerrte sie aus dem Wagen. Er drückte sie brutal zu Boden und hielt ihr den Lauf seiner Pistole in den Mund, seine Augen funkelten vor mörderischer Wut. „Sag dein letztes Gebet," knurrte er, seine Stimme war ein leises Grollen, die Wut in ihm war nicht mehr zu kontrollieren. Isabels Augen weiteten sich vor Schreck, sie spürte den kalten Stahl des Pistolenlaufs an ihrem Gaumen. „Carlos, bitte," flüsterte sie, ihre Stimme war brüchig, aber da war keine Gnade in seinen Augen. „Carlos, hör auf!" schrie Mateo plötzlich und packte seinen Bruder, zog ihn mit aller Kraft zurück. „Das bringt uns nicht weiter! Wenn du sie jetzt tötest, werden wir nichts mehr aus ihnen herausbekommen." Carlos atmete schwer, seine Wut war wie ein tobendes Tier, das nach Blut verlangte. Doch langsam, sehr langsam, ließ er die Pistole sinken. „Das ist noch nicht vorbei," zischte er, während er Isabel an den Boden drückte. „Ihr werdet dafür bezahlen, jede von euch." Doch in diesem Moment ertönte das Kreischen von Reifen. Rosa und Beatriz hatten die Gelegenheit genutzt und waren mit dem Auto davongefahren. „Verdammt!" schrie Carlos, seine Wut kochte über. „Du hast den Schlüssel stecken lassen!" Seine Stimme überschlug sich, während er sich hektisch umsah. Mateo warf ihm einen wütenden Blick zu. „Was hast du vor?" fragte er, während Carlos plötzlich auf die Straße rannte. „Wir brauchen ein Auto," sagte Carlos mit wilder Entschlossenheit und warf sich in den Weg eines heran rasenden Wagens. Der Fahrer sah ihn zu spät. Ein dumpfer Aufprall, gefolgt von einem erschütternden Knall, ließ die Welt für einen Moment stillstehen. Der Fahrer stieg aus, zitternd und voller Panik, doch Carlos, von einem blinden Hass getrieben, packte den Mann am Kragen und drückte kaltblütig ab. Ein Schuss, und der Mann sackte leblos zu Boden. Mateo taumelte zurück, seine Hände zitterten unkontrolliert. „Was hast du getan?" schrie er, seine Stimme überschlug sich vor Entsetzen. „Das hier ist zu weit gegangen, Carlos!" Carlos drehte sich langsam um, seine Augen glühten vor unstillbarer Wut. „Wir dürfen jetzt nicht aufgeben," sagte er mit eisiger Kälte. „Diese Frauen müssen bezahlen, und wir werden nicht aufhören, bis wir sie zur Strecke gebracht haben." Inmitten des Chaos bemerkte Carlos plötzlich, dass Isabel verschwunden war. Sein Blick suchte verzweifelt die Umgebung ab, bis er sie in der Ferne entdeckte. Ihre Silhouette verschwand zwischen den Bäumen, sie rannte so schnell, wie ihre Beine sie trugen. „Wir müssen sie finden," knurrte Carlos, während er sich mühsam zusammenriss. Mateo war still geworden, seine Unsicherheit war mit jeder Sekunde gewachsen. „Und was dann?" fragte er schließlich leise, seine Stimme war voller Zweifel und Furcht. „Was passiert, wenn wir sie finden? Willst du noch mehr Blut vergießen? Carlos' Blick bohrte sich in seinen Bruder, sein Gesicht eine Maske aus Zorn und Entschlossenheit. „Aufgeben ist keine Option. Diese Schlampen müssen bezahlen, und wir werden nicht eher ruhen, bis sie es getan haben."

KAPITEL 5 – HITZE, HASS UND HOFF-NUNG

Die Sonne stand hoch am Himmel, gleißend hell und unerbittlich. Die Luft war schwer und drückend, die Hitze ließ den Horizont flimmern. Es war Mittagszeit, doch inmitten dieses heißen Tages spielten sich Szenen von Dunkelheit und Verzweiflung ab. Während Rosa und Beatriz das Auto der Brüder gestohlen hatten, blieb Isabel zurück, von Carlos mit einer Waffe bedroht. Die Enttäuschung und Angst brannten in ihren Augen, aber sie ließ sich nicht lähmen. Mit letzter Kraft stürzte sie in den nahen Wald, wo die Bäume nur wenig Schatten boten. Doch die Zweige boten wenigstens Schutz vor den Blicken ihrer Verfolger. „Verdammt Bitches! Haben mich einfach zum Verrecken zurückgelassen." schrie Isabel innerlich, ihre Gedanken drehten sich im Kreis, während die Hitze ihren Körper peitschte und ihr Herz in ihren Ohren trommelte. Endlich tauchte vor ihr ein verlassenes Lagerhaus auf, dessen Dach aus rostigem Wellblech in der Mittagssonne funkelte. Staub und Hitze vermischten sich in der Luft, während sie hastig die Tür öffnete und hineinschlüpfte. Nicht lange danach drangen auch Mateo und Carlos in das Gebäude ein, ihre schweren Schritte hallten bedrohlich durch die unheimliche Stille. Der modrige Gestank von Staub und verrottendem Holz hing in der Luft, und die brüchigen Fenster warfen seltsame Schatten auf den Boden. Isabel schlüpfte schnell unter das Kleid einer riesigen Schaufensterpuppe, ihr Herzschlag war ein wilder Rhythmus in ihrer Brust. „Wenn du uns reinlegst, wirst du das bereuen," knurrte Carlos, während sie das Lagerhaus durchkämmten. „Keine Sorge, Bruder. Diese Hure entkommt uns nicht," antwortete Mateo kalt, die Entschlossenheit in seinen Augen kaum zu übersehen. Doch plötzlich wurde die bedrohliche Atmosphäre von einer autoritären Stimme durchbrochen. „Was zum Teufel macht ihr in meinem Lagerhaus?" fragte ein alter Mann, der Besitzer, der aus den Schatten trat, eine Schrotflinte fest in den Händen. Mateo, schnell wie ein Fuchs, brachte seine improvisierte Geschichte vor. „Wir sind von der Geheimpolizei und suchen eine gefährliche Flüchtige." Der Besitzer kniff die

Augen zusammen und antwortete kühl: „Geheimpolizei, ja? Zeigt mir eure Ausweise oder verschwindet." Ein ohrenbetäubender Knall hallte durch den Raum, als der alte Mann einen Warnschuss abgab. Die Brüder knieten rasch nieder, entwaffnet. Mit einem festen Tritt stieß der alte Mann die Waffen weg, ohne zu wissen, dass sie direkt zu Isabels Versteck schlitterten. Ihre Augen weiteten sich, als sie die Chance erkannte, die sich ihr bot. Mit entschlossenen Augen griff Isabel nach einer der Waffen und richtete sie auf die Brüder, ihr Herz hämmerte in ihrer Brust. „Bleibt, wo ihr seid," rief sie mit fester Stimme. „Bitte hören Sie mir zu," wandte sie sich dann an den Besitzer. „Wir sind auf der Flucht vor diesen Männern und ihrem Boss, der uns zur Prostitution gezwungen hat. Sie versuchen, uns zurückzubringen oder Schlimmeres." Der Besitzer, jetzt aufmerksam, maß die Situation ab. „Was wollen Sie von mir?" „Bitte, behalten Sie einfach nur die zwei im Auge, während ich die Polizei kontaktiere." Isabel täuschte vor, die Polizei zu kontaktieren, tippte aber die Nummer von Rosa ein. Als das Freizeichen erklang, hielt sie den Atem an. Rosa hob bald ab, ihre Stimme war besorgt. „Isabel? Wo bist du?"

„Rosa, hört zu," flüsterte Isabel ins Telefon, während sie vorgab, in ein Gespräch mit der Polizei vertieft zu sein. „Ich bin im verlassenen Lagerhaus im Wald, ich brauche euch. Kommt schnell, aber seid vorsichtig."

Die Zeit schien sich endlos zu dehnen, während sie auf die Ankunft von Rosa und Beatriz wartete. Mateo und Carlos warfen wütende Blicke auf Isabel, doch sie blieben stumm, zu eingeschüchtert von der Schrotflinte des alten Mannes. Rosa und Beatriz erreichten das Lagerhaus, nachdem sie quer durch die brutzelnde Mittagshitze geeilt waren. Der Hitzeschleier zerrte an ihren Kräften, doch die Entschlossenheit in ihren Herzen ließ sie nicht innehalten. Ihre Wiedervereinigung war jedoch alles andere als friedlich. Die Spannung hatte sich wie ein Sturm aufgebaut und brach jetzt mit voller Wucht los. „Wie konntet ihr mich zurücklassen?" schrie Isabel, ihre Stimme bebte vor aufgestauter Wut. „Ihr habt mich einfach im Stich gelassen!" Rosa, die mühsam die Fassung bewahrte, trat einen Schritt vor. „Isabel, wir hatten keine Wahl. Es ging alles so schnell und wir mussten fliehen. Glaubst du etwa, wir wollten, dass du verletzt wirst?" „Aber ihr habt mich verletzt!" Isabels Stimme trotze vor Enttäuschung und Schmerz. „Ich habe euch vertraut, dachte, wir wären Freundinnen." „Das sind wir doch!" Beatriz, die bis dahin still gewesen war, trat hervor, Tränen standen in ihren Augen. „Isabel, wir sind deine

Freundinnen. Es tut uns leid, aber wir hatten keine Wahl." „Keine Wahl?" Isabels Hände zitterten vor Wut. „Ihr habt eine Wahl getroffen – ihr habt mich zurückgelassen!" Rosa legte eine Hand auf Isabels Schulter, die Berührung war fest und bestimmt. „Hör zu, wir müssen jetzt zusammenhalten. Es gibt etwas, das du wissen musst – Beatriz ist schwanger." Die Worte schlugen ein wie ein Blitz. Isabel starrte Beatriz ungläubig an. „Schwanger? Von wem?" „Von dem Hotelbesitzer," flüsterte Beatriz fast unhörbar, ihre Augen schwammen in Tränen. „Ich hatte keine Wahl." „Keine Wahl." Isabel schüttelte den Kopf, ihre Stimme war ein leises, schmerzvolles Echo. „Wie konntest du…?" „Bitte, Isabel," flehte Rosa. „Wir müssen weg von hier. Ich schwöre, ich werde alles tun, um uns ein neues Leben zu ermöglichen. Aber wir müssen jetzt handeln." Ihre Worte drängten zur Eile. Doch als sie das Auto starten wollten, saßen die Räder hoffnungslos im Schlamm fest. Mit einem entschlossenen Ausdruck im Gesicht lief Rosa ins Lagerhaus. Sie fand Mateo und Carlos, die immer noch auf dem Boden knieten. „Wo ist der verdammte Schlüssel?" frage sie scharf, das Knistern der Verzweiflung in ihrer Stimme. „In meiner Hose. Komm und hole ihn dir," spottete Mateo. „Sonst noch was?" fragte er genervt. "Tatsächlich ja. Gib mir den Code für den Safe in Rauls Büro." erwiderte Rosa als sie den Autoschlüssel an sich nahm. Mateo schmunzelte und sagte ihr den Code: "Der Code lautet 1234." Seine Augen funkelten vor Spott. Rosa kniff die Augen zusammen, trat bedrohlich näher. „Ich habe keine Zeit für deine Spielchen. Gib mir den richtigen Code oder ich werfe eure Mutter in den Drogensumpf, bis sie nicht mehr weiß, wer sie ist." Plötzlich erstarrte Mateos Grinsen. Entschlossenheit wich purer Angst in Carlos Zügen. Sein Atem wurde flach und hastig, seine Augen weiteten sich und flirrten hektisch umher. Ein ruckartiges Keuchen entrang sich seiner Kehle, als er zitternd zusammenbrach und weinend die Hände vor das Gesicht schlug. „Nein, lass das nicht zu," stieß er zwischen Schluchzern hervor, seine Stimme war kaum mehr als ein Flüstern. „Ich kann das nicht, ich kann das nicht..." Panik übermannte ihn, seine ganze Gestalt zitterte nun unkontrollierbar. „Ich will nicht ins Gefängnis, und ich will nicht, dass Mama das durchmacht." Seine Worte waren nun ein Schwall unzusammenhängender, panischer Bitten und Geständnisse. „1314! Der Code ist 1314! Bitte, lasst unsere Mutter in Ruhe!" Mateo starrte seinen Bruder fassungslos an, während Rosa entschlossen in Richtung Ausgang ging. Mit einem letzten Blick warnte sie die Brüder noch einmal, bevor sie aus dem Lagerhaus stürmte und den anderen Frauen zuschrie: „Wir haben, was wir brauchen. Lasst uns verschwinden!" Mit Schlüssel und Code bewaffnet, liefen die Frauen hinaus und entkamen in die blendende, sengende Hitze des Mittags. Doch Mateos finstere Drohung, die über sie alle wie ein Fluch hing, verfolgte sie. Er schwor bitter Rache an dem gutherzigen Besitzer des Lagerhauses und drohte, dessen Familie für ihre Hilfe teuer bezahlen zu lassen. Die brütende Mittagssonne verzehrte die Landschaft, doch für Rosa, Isabel und Beatriz war sie nur ein weiteres Hindernis auf ihrem verzweifelten, ungewissen Weg in eine bessere Zukunft – eine Zukunft, für die sie bereit waren zu kämpfen, koste es, was es wolle.

KAPITEL 6 – SCHATTEN DER BEGIERDE

Die Dämmerung legte sich wie ein schwerer Vorhang über die Stadt, als Rosa, Isabel und Beatriz in ihrem klapprigen Wagen die letzten Straßen zum Bordell fuhren. Die Luft war erfüllt von Nervosität und elektrischer Spannung. Rosa saß am Steuer, ihre Finger trommelten nervös auf dem Lenkrad, während sie sich in den Sitz zurücklehnte und tief durchatmete. „Hör zu, Rosa", begann Isabel zögernd, ihre Stimme kaum mehr als ein Flüstern, „es tut mir leid, dass ich dich vorhin geschlagen habe. Es war nicht fair und nicht richtig von mir." Rosa warf ihr einen flüchtigen Blick zu, bevor sie sich wieder auf die Straße konzentrierte. „Schon gut, Isabel. Wir haben alle unsere Momente. Aber jetzt müssen wir uns zusammenreißen. Raul wird uns nicht ein zweites Mal überraschen." Ein Lächeln huschte über Isabels Gesicht, und sie legte ihre Hand auf Rosas Schulter. „Danke, dass du mir verzeihst. Lass uns das hier durchziehen und dann von vorne anfangen." Beatriz, die auf dem Rücksitz saß und mit ihrem Handy spielte, konnte nicht anders als zu lächeln. „Seht euch mal an, ihr zwei. Fast wie in einem verdammten Drama. Aber lasst uns nicht sentimental werden. Wir haben einen Job zu erledigen." Sie erreichten die Tankstelle und entschieden sich, einen kurzen Halt einzulegen. Isabel sprang aus dem Wagen und begann, den Tank zu füllen, während Beatriz den Wasserschlauch nahm und das Auto abspritzte. Rosa stieg aus und schnappte sich den zweiten Schlauch. „Hey, Beatriz! Du hast mich nass gemacht!" rief Rosa lachend. „Ach, das war doch keine Absicht... oder vielleicht doch?" Beatriz grinste breit und spritzte Rosa erneut an. Innerhalb weniger Sekunden waren die drei Frauen in eine wilde Wasserschlacht verwickelt, ihre Kleider klebten an ihren Körpern und das Lachen hallte über die Tankstelle. Männer an den Zapfsäulen und vorbeifahrende Autos blieben stehen, um das Spektakel zu beobachten. Der Tankwart, ein mürrischer älterer Mann, kam schließlich aus dem Gebäude und schüttelte den Kopf. „Was soll das hier? Das ist eine Tankstelle, kein Vergnügungspark!" Isabel zwinkerte ihm zu. „Wir könnten Ihnen eine Privatshow geben, wenn Sie wollen." Der Tankwart errötete und stotterte. „Das... das ist nicht nötig. Gehen Sie einfach, bitte." Zurück im Auto, die Stimmung ausgelassen und feucht, fuhren sie weiter. Doch plötzlich hörten sie ein dumpfes Klopfen aus dem Kofferraum. „Was war das?" fragte Rosa, ihre Augen weiteten sich vor Schreck. „Keine Ahnung, aber es klingt, als wäre da jemand drin", sagte Beatriz nervös. Vorsichtig stiegen sie aus und öffneten den Kofferraum. Ein älterer Mann lag darin, sein Gesicht blass und von Schmerz verzerrt. Es war der ältere Mann, dem Carlos in den Kopf geschossen hatte. „Oh mein Gott, wer zum Teufel ist das?!", flüsterte Isabel. Beatriz erwiderte ungläubig, "Wahrscheinlich der Besitzer des Wagens. Diese Schweine haben ihn kaltblütig abgeknallt." „Wir müssen ihn ins Krankenhaus bringen", entschied Rosa. Als sie das Krankenhaus nach nur 30 Minuten erreichten, sahen sie zu aller Überraschung Raul in einem Rollstuhl vor einem Rettungswagen sitzen. Ausgerechnet in dem Krankenhaus wurde er eingeliefert. Ihre Blicke trafen sich und für einen Moment schien die Zeit stillzustehen. Dann wurde Rauls Gesicht rot vor Wut. „Tomas, gib mir eine Waffe!" schrie er. „Schnell, weg hier!" rief Beatriz. Isabel trat aufs Gas und der Wagen raste davon, während Raul das Feuer eröffnete. Die Kugeln zerschmetterten die Heckscheibe, doch die Frauen entkamen knapp. Im Rückspiegel sahen sie, wie Raul im Rettungswagen die Verfolgung aufnahm. In einem wilden Chaos kämpften der Bodyguard Tomas und ein Rettungssanitäter um die Kontrolle. Der Wagen schwankte gefährlich von einer Seite zur anderen, während die beiden Männer aufeinander losgingen. Tomas, ein muskelbepackter Hüne mit Narben auf den Armen, griff nach einem Satz Spritzen, die im Notfallkit des Wagens steckten. Mit einer schnellen Bewegung rammte er dem Sanitäter die erste Spritze in den Hals. Der Sanitäter schrie auf, als die Nadel durch seine Haut drang, doch er ließ nicht locker. Mit aller Kraft, die er aufbringen konnte, schlug er auf Tomas's Arm, doch der riesige Mann schien den Schmerz kaum zu registrieren. Tomas griff nach einer zweiten Spritze und stieß sie mit brutaler Kraft in den Hals des Sanitäters. Ein weiterer Aufschrei erfüllte den Wagen, und Blut spritzte aus der Wunde. Doch der Sanitäter, verzweifelt und kämpferisch, zog ein Skalpell aus seiner Tasche und ritzte Tomas's Handgelenk auf. Blut strömte hervor, und für einen Moment schien es, als würde Tomas zurückweichen. Doch der Bodyguard war nicht so leicht zu besiegen. Mit einem wütenden Brüllen packte er den Kopf des Sanitäters und schlug ihn gegen die Wand des Rettungswagens. Der Sanitäter taumelte, seine Augen rollten zurück, als er das Bewusstsein zu verlieren drohte. Tomas nutzte den Moment, griff nach dem Defibrillator und schaltete ihn ein. Mit einem sadistischen Grinsen presste er die Paddles an die Schläfen des Sanitäters und betätigte den Schalter. Ein greller Blitz durchzuckte den Körper des Sanitäters, der sich krampfhaft aufbäumte und dann erschlaffte. Der Geruch von verbrannter Haut erfüllte die Luft, und der Sanitäter sackte leblos zusammen. „Pass auf!" schrie Rosa, als Isabel fast drei Männer überfuhr, die eine rote Box trugen. Die Box fiel zu Boden und der Inhalt verstreute sich über die Straße. „Was zur Hölle? Diese Idioten und ihre Picknick-Box!" rief Isabel verärgert. „Das war kein Picknick. Das war ein Transplantat", sagte Rosa ruhig. „Na toll. Bestimmt kann man das abwaschen", murmelte Isabel. Die Verfolgungsjagd endete abrupt an einer Klippe. Isabel machte einen scharfen U-Turn, sodass Rosa eine freie Schusslinie auf Raul hatte. Doch sie zögerte, ihre Hände zitterten. „Schieß, Rosa!" drängte Beatriz. „Ich kann nicht... ich... ich habe immer noch Gefühle für ihn", flüsterte Rosa. Während sie die Pistole hielt, fluteten Erinnerungen ihr Bewusstsein. Vor Monaten hatte Rosa die Stelle als Nachhilfelehrerin für Rauls zwei Töchter angenommen. Die kleine war gerade erst sieben, während ihre ältere Schwester bereits zehn war und im Schulstoff einige Schwierigkeiten hatte. Es war ein Job, den sie dringend brauchte, um ihre Rechnungen zu bezahlen. Ihre ersten

Besuche in Rauls Haus waren professionell und distanziert. Rosa konzentrierte sich darauf, den Mädchen zu helfen, ihre Schulaufgaben zu verstehen und sie für die nächsten Prüfungen vorzubereiten. Raul hielt sich meistens im Hintergrund, beobachtete sie aber oft aus dem Schatten heraus. Seine Anwesenheit war wie ein ständiger, schwerer Druck, den sie nicht ignorieren konnte. Doch mit der Zeit begann Raul, sich in ihre Gespräche einzuschalten. Er war charmant und witzig, seine dunklen Augen funkelten immer, wenn er sie ansah. Es begann mit kleinen, harmlosen Bemerkungen, dann lud er sie ein, nach den Unterrichtsstunden zu bleiben und mit ihm ein Glas Wein zu trinken. Rosa wusste, dass sie besser hätte ablehnen sollen, aber irgendetwas an ihm zog sie magisch an. Eines Abends, als die Mädchen bereits schliefen, saßen Rosa und Raul auf der Veranda, das Licht der Stadt funkelte in der Ferne. Die Gespräche wurden persönlicher, und Rosa erzählte ihm von ihren eigenen Träumen und Ängsten. Raul hörte aufmerksam zu, seine Nähe fühlte sich gleichzeitig beruhigend und aufregend an. „Weißt du, Rosa", sagte er eines Abends, seine Stimme sanft und verführerisch, „du bist nicht wie die anderen. Du bist besonders." Ihr Herz klopfte schneller, als sie in seine Augen blickte. „Raul... ich weiß nicht, was ich sagen soll." Er beugte sich vor, seine Hand streichelte ihre Wange. „Sag nichts. Lass mich einfach diesen Moment genießen." Es dauerte nicht lange, bis sie sich küssten. Der erste Kuss war vorsichtig, fast schüchtern, aber bald wurden ihre Umarmungen leidenschaftlicher. Jede Begegnung mit ihm war wie ein Tanz auf dem Vulkan. Rosa wusste, dass es falsch war, aber sie konnte nicht widerstehen. Sie trafen sich heimlich, wenn die Mädchen schliefen oder wenn Raul vorgab, Geschäfte zu erledigen. Ihre Affäre war intensiv und voller heimlicher Blicke und gestohlener Momente. Doch je tiefer sie sich in ihre Gefühle für Raul verliebte, desto klarer wurde ihr, dass seine Welt eine sehr gefährliche war. Zurück in der Realität angekommen, war Rosa klar, dass sie ihn nicht erschießen konnte. Stattdessen schoss sie auf zwei Reifen des Rettungswagens, sodass Raul nicht weiterfahren konnte. Rosas Handy vibrierte in ihrer Tasche und riss sie aus ihren Gedanken. Ein kurzer Blick auf das Display zeigte den Namen, den sie sich insgeheim gewünscht hatte, nie wieder zu sehen: Raul. „Was jetzt?" murmelte Isabel, die sich im Rückspiegel umsah, um sicherzustellen, dass sie nicht verfolgt wurden. „Er ruft an", flüsterte Rosa und drückte widerwillig auf den grünen Anruf-Button. „Du hast Nerven, Rosa", knurrte Rauls

Stimme, kalt und schneidend wie ein Messer. „Ich hätte dich nie für eine Verräterin gehalten." Rosa atmete tief durch, versuchte, ihre Stimme fest klingen zu lassen. „Raul, ich..." „Du hast keine Ahnung, was du angerichtet hast, oder?" unterbrach er sie scharf. „Du hast dich mit dem falschen Mann angelegt. Es wird Konsequenzen geben." „Konsequenzen?" wiederholte Rosa, ihre Stimme wurde lauter. „Und was ist mit deinen Konsequenzen, Raul? Wie oft hast du Menschen verletzt und es einfach ignoriert?" „Das ist nicht dasselbe und das weißt du. Du hast meine Töchter angelogen, Rosa. Sie haben dich gemocht. Sie haben dir vertraut. Wie konntest du das tun?" Für einen Moment war Rosa sprachlos. Erinnerungen an die beiden Mädchen stiegen in ihr auf. Ihre unschuldigen Gesichter, ihre unbeschwerten Lachen. Sie fühlte einen schmerzhaften Stich in ihrem Herzen. „Ich habe das nicht wegen ihnen getan", sagte sie leise. „Und das weißt du auch. Ich wollte nur aus diesem Albtraum herauskommen." „Albtraum?" Raul lachte bitter. „Du warst Teil meines Lebens, Rosa. Du hast gesagt, du liebst mich. Und jetzt tust du so, als wäre alles eine Lüge gewesen." „Es war nicht alles eine Lüge", erwiderte sie, ihre Stimme brach fast. „Ich habe wirklich etwas für dich empfunden. Aber du... deine Welt ist zu gefährlich. Ich konnte das nicht länger ertragen." „Gefühle? Was weißt du schon über Gefühle?" Rauls Stimme wurde weicher, fast flehend. „Ich habe dich geliebt, Rosa. Auf meine eigene Art. Aber du hast mich verraten." „Raul, bitte..." Rosa schluckte schwer. „Lass uns das beenden, bevor noch mehr Schaden angerichtet wird." „Beenden?" zischte er. „Das ist noch lange nicht vorbei. Du wirst dafür bezahlen. Und ich werde zusehen, wie du alles verlierst, was dir lieb ist." „Du denkst, du kannst mir immer noch drohen? Dass ich Angst vor dir habe?" Rosa ballte ihre Faust, ihre Stimme wurde schärfer. „Ich habe keine Angst mehr vor dir, Raul. Ich habe genug durchgemacht." „Das werden wir sehen", sagte er und lachte kalt. „Du wirst schon noch begreifen, was es heißt, mich zum Feind zu haben." „Vielleicht", sagte Rosa leise, „aber wenigstens habe ich versucht, das Richtige zu tun." Raul blieb kurz still, bevor er wieder sprach, diesmal leiser und mit einer Spur von Bedauern. „Es hätte anders sein können, Rosa. Wir hätten eine Zukunft haben können." „Vielleicht", flüsterte sie, „aber nicht so. Nicht in dieser Welt." Ein Moment der Stille hing in der Luft, schwer und voller unausgesprochener Worte. Dann legte Rosa auf und ließ das Handy in ihren Schoß sinken. Ihre Hände zitterten, und Tränen stiegen in ihre Augen. Isabel legte ihre

Hand auf Rosas Schulter. „Bist du okay?" „Ja", antwortete Rosa und wischte sich die Tränen ab. „Ich bin okay. Wir müssen weitermachen." „Wir sind noch nicht fertig", sagte Beatriz fest. „Wir haben noch einen Job zu erledigen." Rosa nickte, ihre Entschlossenheit kehrte zurück. „Ja, das haben wir. Und dieses Mal werden wir es richtig machen."

KAPITEL 7 – SCHATTENSPIELE DER NACHT

Die Nacht lag schwer und drückend über der Stadt, als Rosa, Isabel und Beatriz mit ihrem klapprigen, rostigen Auto durch die verlassenen Straßen rasten. Der Geruch von Abgasen und verbranntem Gummi hing in der Luft, während sie sich verzweifelt durch das Labyrinth aus Beton und Stahl schlängelten. Die flackernden Lichter der Straßenlaternen warfen unheimliche Schatten auf die nassen Pflastersteine, und in der Ferne erklangen die Sirenen der Polizei – ein allgegenwärtiges Hintergrundgeräusch in dieser düsteren Stadt. „Schneller, Rosa! Die sind uns bestimmt dicht auf den Fersen!" Isabel beugte sich vor, ihre Stimme zitterte vor Anspannung. Ihr blondes Haar war zerzaust, und ihre Augen suchten nervös die Straße hinter ihnen ab. „Ich tue, was ich kann!" Rosa knurrte durch zusammengebissene Zähne. Ihre Hände umklammerten das Lenkrad so fest, dass ihre Knöchel weiß hervortraten. „Wir dürfen nicht in ihre Hände fallen." Beatriz, die neben Rosa auf dem Beifahrersitz saß, wischte sich das Blut aus dem Gesicht und schrie auf, als das Auto über ein Schlagloch holperte. „Verdammt, Rosa! Wir müssen ihn sofort irgendwohin bringen, sonst verblutet er!" „Wir bringen ihn zum Tierarzt," sagte Isabel entschlossen. „Er hat Beatrizs Wunde versorgt, vielleicht kann er auch ihm helfen." In halsbrecherischer Geschwindigkeit jagten sie durch die dunklen Straßen der Stadt, das Heulen der Sirenen wurde allmählich lauter. Sie erreichten die Praxis des Tierarztes – ein kleines, unscheinbares Gebäude am Rande der Stadt, umgeben von hohen Zäunen und üppigem Unkraut. Das flackernde Neonlicht des Schildes warf ein gespenstisches Leuchten auf den Eingang. „Schnell, bringt ihn rein!" Rosa stieß die Tür auf, und sie trugen den bewusstlosen Mann ins Behandlungszimmer. Der Tierarzt, ein schmaler Mann in mittleren Jahren mit grauem Haar und müden Augen, stand perplex vor ihnen. „Ihr könnt mich nicht dazu zwingen," sagte er, während er unruhig auf seine Hände blickte. „Das ist ein Mensch, kein Tier." Beatriz trat vor, ihre Augen blitzten gefährlich. „Willst du, dass wir deiner Frau erzählen, wo du deine Abende verbringst? Im Bordell?" Der Tierarzt schluckte schwer und senkte den Kopf. „Ich wollte es ihr gerade beichten..." „Das kannst du später tun," fauchte Isabel und zog plötzlich eine Waffe, die sie auf ihn richtete. „Jetzt rettest du ihm das Leben, oder du wirst es bereuen." Der Tierarzt zögerte nur einen Moment, bevor er sich seufzend dem Verletzten zuwandte. „In Ordnung. Ich werde tun, was ich kann." Die Frauen warteten angespannt, während der Arzt sich an die Arbeit machte. Das Behandlungszimmer war klein und vollgestopft mit Instrumenten und medizinischen Vorräten, die Wände waren kahl und die Luft roch nach Desinfektionsmittel. Die Zeit schien sich zu dehnen, und jede Sekunde fühlte sich wie eine Ewigkeit an. Doch trotz aller Bemühungen schaffte es der Mann nicht. Der Arzt trat schließlich zurück, seine Hände zitterten. „Es tut mir leid. Er ist tot." Die drei Frauen sanken erschöpft und verzweifelt gegen die Wand. „Was machen wir jetzt mit der Leiche?" fragte Isabel mit zitternder Stimme. Rosa atmete tief durch und hob den Kopf. „Ich weiß, wie man eine Leiche verschwinden lässt," sagte sie leise, und die anderen schauten sie überrascht an. „Ich wollte meinen Ex-Mann umbringen, weil er mich ständig erniedrigte. Ich mischte Oleander und Johanniskraut in sein Essen. Er überlebte, aber meine Schwiegermutter nicht. Danach suchte ich Zuflucht im Bordell." Der Tierarzt, sichtlich erschüttert und verängstigt, drängte sie, die Leiche zu beseitigen. „Ihr müsst verschwinden. Schnell, bevor meine Frau etwas merkt." Währenddessen, in einer anderen Ecke der Stadt, herrschte im Club von Raul ein feierlicher, aber auch düsterer Ton. Der Club war eine Mischung aus schummrigem Rotlicht und dröhnender Musik, die in den Wänden widerhallte. Raul saß in seinem Büro, ein Verband um den Kopf und eine Gehhilfe neben sich. Er blickte grimmig auf seine beiden Handlanger, Mateo und Carlos. „Mein

Penis funktioniert nicht mehr richtig," sagte er mit bitterer Stimme. „Alles, was ich bin, verdanke ich dem kreativen Atem meines besten Stückes." Carlos versuchte, seinen Boss zu beruhigen. „Das wird schon wieder, Boss. Nach der Reha wird alles gut." „Das sagst du so leicht," fauchte Raul. „Du hast keine Ahnung, was das bedeutet. Ohne meinen... kreativen Atem, bin ich nichts. Ein Niemand." Mateo versuchte ein Lächeln, das seine Nervosität verriet. „Boss, du bist mehr als nur das. Du bist der Kopf hinter all dem hier. Du wirst dich erholen und stärker zurückkommen." Ihre Unterhaltung wurde durch das Klopfen an der Tür unterbrochen. Der Bodyguard trat ein und sagte, „Da ist ein Mann im Club, der dich sprechen will. Es geht um Beatriz." Raul nickte und ließ den Mann hereinführen. Es war Beatrizs Freund, der Hotelbesitzer Pedro, ein eleganter Mann in einem maßgeschneiderten Anzug. „Ich will sie freikaufen," sagte er entschlossen. „Sie bedeutet mir mehr, als ich zugeben wollte." Im schummrigen Licht des Büros von Raul stand Pedro nervös vor dem Schreibtisch. Er wirkte fehl am Platz zwischen den opulenten Möbeln und der düsteren, rauchigen Atmosphäre. Das gedämpfte Licht einer alten Schreibtischlampe warf lange Schatten über die Bücher und Papiere, die überall verstreut lagen. Raul lehnte sich in seinem ledernen Sessel zurück, das Gesicht hinter einem Verband verborgen. Sein scharfer Blick durchdrang Pedro, als er mit einer ruhigen, aber eiskalten Stimme sprach: „Also, du willst Beatriz freikaufen? Was gibt dir das Recht, sie aus meiner Hand zu nehmen?" Fernando schluckte schwer und versuchte, seine Stimme festzuhalten. „Ich... ich liebe sie. Sie bedeutet mir mehr, als ich je zugeben wollte. Sie hat eine Chance auf ein besseres Leben verdient, und ich kann es ihr geben." Raul hob eine Augenbraue und lachte trocken. „Liebe, sagst du? Glaubst du wirklich, Liebe hat hier irgendeine Bedeutung? Beatriz ist eine Investition, und du kommst hierher, um mir mein Eigentum abzukaufen?" Pedro trat einen Schritt näher an den Schreibtisch heran. „Ich bin bereit, alles zu zahlen, was sie dir schuldet. Sag mir einfach die Summe." Raul betrachtete ihn einen Moment lang schweigend, bevor er antwortete: „Beatriz ist teuer. Sie hat mir in den letzten Jahren viel eingebracht. Und dann gibt es da noch die Schäden, die sie mir zugefügt hat. Sie hat mich ins Krankenhaus befördert." Pedro senkte den Kopf. „Ich verstehe das. Aber ich bin bereit, zu zahlen. Sagen Sie mir einfach, wie viel." Raul stand langsam auf und ging um den Schreibtisch herum, während er Pedro fixierte. „Wie viel bedeutet dir

Beatriz wirklich? Genug, um dein eigenes Leben aufs Spiel zu setzen?" „Ja," sagte Pedro ohne zu zögern. „Ich werde alles tun, was nötig ist, um sie zu retten." Raul blieb direkt vor Pedro stehen und schaute ihm tief in die Augen. „Alles? Das ist ein großes Wort, Pedro. Weißt du, was ‚alles' bedeutet?" Fernando nickte, seine Hände zitterten leicht. „Ja, ich weiß es. Ich bin bereit." Raul lächelte dünn und legte eine Hand auf Pedros Schulter. „Gut. Ich werde die Summe berechnen. Aber bis dahin bleibst du hier im Club und wartest. Vielleicht sollten wir uns auch noch über andere... Modalitäten unterhalten." Nachdem der Mann den Raum verlassen hatte, sprach Raul leise mit Mateo und Carlos. „Findet heraus, wo die Frauen sind. Wenn er nichts sagt, werft ihn ins Säurefass." Die beiden Brüder nickten nur und verließen das Büro schnellen Schrittes. Zur gleichen Zeit suchten die drei Frauen in einer schäbigen Karaokebar Zuflucht. Der Raum war erfüllt von betrunkenen Stimmen, lärmender Musik und blinkenden Lichtern. Sie setzten sich an einen klebrigen Tisch in der Ecke und begannen, einen Plan zu schmieden. „Wir müssen an das Geld in Rauls Safe kommen," sagte Rosa. „Den Code haben wir schon. Aber wir brauchen eine Ablenkung." „Das wird nicht leicht," meinte Isabel und nahm einen großen Schluck von ihrem Drink. „Diese Typen sind überall. Wir brauchen eine perfekte Gelegenheit, und die müssen wir selbst schaffen." „Vielleicht kann uns jemand helfen," sagte Beatriz und sah sich um. Ihre Augen blieben an einem attraktiven Mann hängen, der gerade die Bar betrat. „Was haltet ihr von ihm?" Plötzlich trat der Mann an sie heran und lächelte. „Kann ich euch einen Drink ausgeben?" fragte er charmant. Beatriz musterte ihn und seine Kleidung – ein blauer Overall und staubige Stiefel. „Bist du Bauarbeiter?" fragte sie. Er nickte. „Ja, ich bin gerade von der Arbeit gekommen." Beatriz lächelte verschlagen. „Perfekt. Dann feiern wir doch ein bisschen mit dir und deinen Kollegen." Er zog einen Stuhl heran und setzte sich zu ihnen. „Was führt euch in diese Gegend? Ihr seht aus, als hättet ihr eine Menge auf dem Herzen." „Das könnte man so sagen," antwortete Isabel und nahm einen weiteren großen Schluck von ihrem Drink. „Wir sind auf der Suche nach einem kleinen Abenteuer." Der Mann lachte. „Na, da seid ihr hier genau richtig. Kommt, ich stelle euch meinen Kollegen vor." Die Frauen folgten ihm zu einer Gruppe von Bauarbeitern, die am anderen Ende der Bar saßen. Sie tranken, lachten und erzählten Geschichten von ihrer harten Arbeit. Beatriz war charmant und aufmerksam, und als die Nacht fortschritt, stahl sie unauffällig die Fahrzeugschlüssel eines der Männer und führte die anderen aus der Bar. "Was hast du vor Beatriz?" fragte Rosa leicht angetrunken. "Das werdet ihr schon noch sehen." erwiderte Beatriz mit einem verschmitzten Lächeln auf den Lippen. Mit den gestohlenen Schlüsseln brachen sie in das Bauunternehmen von den Typen aus der Bar ein. Das Gelände war dunkel und verlassen, die großen Maschinen warfen lange Schatten unter dem schwachen Mondlicht. „Da ist er," sagte Beatriz und zeigte auf einen massiven Bagger. „Wir holen uns, was uns zusteht." Beatriz startete den Motor, und das dröhnende Geräusch brach die Stille der Nacht. „Auf geht's, Mädels," rief Beatriz, während sie sich ans Steuer setzte. „Jetzt holen wir uns unser Leben zurück."

KAPITEL 8 – DIE GRUBE DER VERGEL- TUNG

Es war eine laue Sommernacht, als Rosa, Isabel und Beatriz endlich mit dem gestohlenen Bagger zurück zur Karaokebar kamen. Die Luft war erfüllt von den Klängen falscher Töne und gelöster Stimmen, die ihren Rausch in Melodien verwandelten. Die Bar, eine schummrig beleuchtete Oase am Rande der Stadt, war mit bunten Neonlichtern dekoriert, die einen flackernden, hypnotischen Schein warfen. Die Außenfassade war mit Graffiti bedeckt, und das leise Summen der Klimaanlage mischte sich mit dem Dröhnen der Musik. Die Frauen sprangen aus dem Bagger, das Adrenalin pulsierte noch immer in ihren Adern. "Bea, was zur Hölle hast du vor?" fragte Rosa atemlos und wischte sich eine Haarsträhne aus dem Gesicht. Ihre Augen funkelten im Licht der Neonreklame, das ihren entschlossenen Ausdruck noch verstärkte. Beatriz lächelte verschmitzt. "Ich habe eine Idee," sagte sie und zog die anderen beiden näher. "Wir werden eine Art Bärenfalle für Mateo und Carlos graben. Mit dem Bagger können wir eine Grube ausheben, in die sie mit ihrem Auto fallen, wenn wir sie in eine Verfolgungsjagd verwickeln." Isabel, die sonst eher zurückhaltend war, strahlte plötzlich vor Begeisterung. "Das ist brillant! Sie werden keine Ahnung haben, was sie erwartet." Beatriz hob ihr Glas, das im schummrigen Licht golden schimmerte. "Auf uns und unseren Plan!" "Auf uns!" riefen Rosa und Isabel im Chor, bevor sie ihre Gläser zusammenschlugen und den Alkohol in einem Zug hinunterkippten. Der brennende Geschmack des Whiskeys vermischte sich mit der rauchigen Luft, die von Zigarettenqualm und billigem Parfüm durchdrungen war. Isabel entschuldigte sich schließlich und ging zu den Toiletten, um sich frischzumachen. Als Isabel die Tür aufstieß, schlug ihr der modrige Geruch von Schimmel und Reinigungsmitteln entgegen. Das Neonlicht über dem Spiegel flackerte unregelmäßig, und die kleinen, schmutzigen Fliesen an den Wänden waren von unzähligen Spuren verschmiert. Der Spiegel war gesprungen, und der Wasserrand des Waschbeckens war von schmutzigem Wasser und Seifenresten verklebt. Isabel versuchte, sich im Spiegel zu betrachten, um sich zu beruhigen, doch der Blick auf ihr verzerrtes Spiegelbild half wenig. Ihre Gedanken rasten, als sie sich die Schweißperlen von der Stirn wischte und tief durchatmete. Gerade als sie sich einen Moment der Ruhe erhoffte, öffnete sich die Tür mit einem knarrenden Geräusch. Der Mann, der eintrat, war wie ein Schatten aus ihrer dunklen Vergangenheit. Seine Augen waren trüb, und sein Atem roch nach abgestandenem Alkohol und schmutzigen Zigaretten. Er schlurfte auf sie zu, und sein schmieriges Lächeln verriet die Absicht, die Isabel schon lange vergessen geglaubt hatte. „Isabel, bist du es? Das ist ja ein Zufall," murmelte er mit einem feuchtfröhlichen Ton. „Wir hatten doch unsere ganz speziellen Momente, nicht wahr?" Isabel spürte, wie sich ihre Haut unter der aufdringlichen Nähe straffte. Sie versuchte, ruhig zu bleiben, doch ihre Stimme zitterte, als sie antwortete: „Ich kenne dich nicht. Lass mich in Ruhe." „Oh, ich denke schon," sagte er und kam noch näher, sein Gesicht war nun nur noch wenige Zentimeter von ihrem entfernt. „Ich will nur einen Blowjob, das ist alles." Isabels Herz setzte einen Schlag aus, als seine dreckige Hand nach ihr griff. „Ich bin keine Nutte mehr," sagte sie und versuchte, sich von ihm zu befreien. Doch seine grobe Hand schloss sich wie eine Falle um ihr Handgelenk, und er presste sie gegen die feuchte Wand der Toilette. Die Kacheln waren kalt und rau, und Isabel konnte das ekelerregende Gefühl der Feuchtigkeit auf ihrer Haut spüren.

„Das spielt keine Rolle," zischte er, während er ihr einen 50-EuroSchein in den Mund stopfte. „Dein Mund ist sowieso schon dreckig von all den Schwänzen." Seine Worte waren wie ein schlagendes Echo in ihrem Kopf. Isabel konnte sich nicht bewegen, konnte nichts tun, während er sie brutal überfiel. Der Schein, der in ihrem Mund klemmt, schmeckte nach Papier und Verzweiflung. Der Schmerz und die Demütigung schienen endlos, und die Kälte der Kacheln durchdrang ihre Knochen. Als er schließlich von ihr abließ, lag Isabel regungslos auf dem Boden, die Kälte und Feuchtigkeit der Umgebung schien sie einzusaugen. Ihr Körper war wie erstarrt, und der 50-Euro-Schein, den sie unwillkürlich umklammerte, schien ein makabres Relikt ihrer Demütigung zu sein. Erst als die Tür sich wieder schloss und das Geräusch seiner Schritte verklang, begann Isabel, sich langsam zu bewegen. Sie setzte sich auf, zitterte am ganzen Körper und versuchte, die Kälte aus ihren Gliedern zu vertreiben. Ihre Hände waren schmutzig und zitternd, als sie den Schein in ihrer Tasche verschwinden ließ. Mit einem mechanischen, fast hypnotischen Schritt verließ sie die Toilette, die dunkle Realität ihrer Erfahrung wie ein Schatten, der sie verfolgte. Als sie in den Hauptbereich der Bar zurückkehrte, war der Raum voller bunter Lichter und fröhlicher Gesichter ein grausamer Kontrast zu ihrem inneren Chaos. Sie legte den Schein auf den Tisch, wo ihre Freundinnen sich bereits versammelt hatten, und setzte sich neben sie, ohne ein Wort zu sagen. Sie legte den Schein als Bezahlung für ihre Drinks auf den Tisch und die Frauen verließen die Bar. Währenddessen, in einem düsteren Club am anderen Ende der Stadt, verhörten Mateo und Carlos den Hotelbesitzer Pedro. Der Club war in dunkle Farben getaucht, rotes und violettes Licht flutete über die Wände und die gläsernen Tische. Die Luft war stickig und schwer von dem Geruch nach Alkohol, Schweiß und Parfüm. In einem fensterlosen Hinterzimmer hallten Pedros Schreie wider, als sie ihn immer wieder in ein Fass voller Säure tauchten. Das ätzende Zischen der Säure mischte sich mit seinen Schreien zu einer grausigen Symphonie. "Wo sind die Frauen?" fragte Mateo mit eisiger Stimme. "Sag es uns, und vielleicht verschonen wir dich." Pedro keuchte, seine Stimme war ein heiseres Flüstern. "Ich... ich weiß es nicht. Ich schwöre, ich weiß es nicht!" Mateo' Augen verengten sich zu schmalen Schlitzen. Er drückte Fernandos Kopf nach unten und tauchte sein Gesicht in das Fass voller Säure. Ein Schrei, der durch Mark und Bein ging, erfüllte den Raum. Das Zischen der Säure vermischte sich mit dem ekelerregenden

Geruch von verbranntem Fleisch. Carlos stand abseits, seine Hände zitterten leicht. Obwohl er sich immer als hart und unerschütterlich gesehen hatte, war das, was sie taten, selbst für ihn schwer zu ertragen. "Mateo, er sagt die Wahrheit. Er weiß es wirklich nicht." Mateo ließ Pedros Kopf aus der Säure auftauchen. Pedros Gesicht war verzerrt vor Schmerz, Teile seiner Haut hatten sich bereits aufgelöst, und seine Augen waren von Angst und Qual erfüllt. "Wo sind die Frauen?" wiederholte Mateo, seine Stimme ruhig, fast sanft, was die Grausamkeit seiner Worte noch verstärkte. Pedro schluchzte. "Bitte... bitte... ich weiß es nicht. Sie haben nichts gesagt, als sie gingen. Ich schwöre, ich weiß es nicht!" Mateos Geduld war am Ende. Er holte tief Luft, griff erneut nach Pedros Haaren und drückte seinen Kopf tiefer ins Fass. Die Säure spritzte, als Pedro verzweifelt um sich schlug, seine Schreie wurden immer leiser, bis sie schließlich ganz verstummten. Carlos wandte sich ab, das Grauen in seinem Inneren spiegelte sich in seinen Augen wider. "Das war unnötig, Mateo. Er wusste wirklich nichts." Mateo ließ Fernandos leblosen Körper ins Fass sinken und wischte sich die Hände an einem Tuch ab. "Wir können uns keine losen Enden leisten. Raul will Ergebnisse, keine Entschuldigungen." Die Brüder gingen schließlich auf die Dachterrasse, um frische Luft zu schnappen. Die Terrasse bot einen weiten Blick über die funkelnden Lichter der Stadt, doch die Schönheit der Aussicht konnte die Hässlichkeit dessen, was gerade geschehen war, nicht mildern. Mateo und Carlos standen schweigend, bis Carlos schließlich die Stille brach. "Ich habe vorhin ein Gespräch zwischen dir und Raul mitbekommen" "Was meinte Raul mit 'Vergiss nicht, was ich damals für euch getan habe'?" "Ging es um Vater?" Mateo blickte auf die Stadt. "Du hast nicht gesehen, was er Mutter angetan hat. Jeden Tag hat er sie geschlagen. Eines Nachts, als er betrunken war und auf sie losging, habe ich es getan." Carlos schüttelte den Kopf, Tränen in den Augen. "Aber er war unser Vater. Egal wie schlimm er war." Mateos Augen waren hart. "Er war ein Monster. Ich hatte keine Wahl. Es war entweder er oder wir." Carlos ballte die Fäuste. "Und Raul? Jetzt sind wir seine Handlanger. Ist das besser?" Mateo sah seinen Bruder lange an. "Raul hat mir geholfen, unseren Vater zu begraben. Er hat uns eine Chance gegeben. Ohne ihn wären wir verloren gewesen. Wir schulden ihm etwas." Carlos ließ sich auf eine Bank fallen. "Wie ist alles so schief gelaufen? Wir waren doch einmal eine Familie." Mateo setzte sich neben ihn. "Manchmal muss man schwere Entscheidungen treffen. Ich habe getan, was nötig war, um dich und Mama zu schützen." Carlos sah auf, entschlossener. "Und jetzt? Wie geht es weiter?" Mateo atmete tief durch. "Wir müssen weitermachen. Es gibt kein Zurück. Wir müssen Raul zufriedenstellen und die Frauen finden." Carlos nickte langsam. "Okay. Aber wenn das vorbei ist, verschwinde ich hier und versuche ein neues Leben anzufangen." Mateo sah ihn an und nickte. "Das verstehe ich. Aber bis dahin müssen wir zusammenhalten." Die Brüder saßen schweigend nebeneinander, die kühle Nachtluft wehte um sie herum. Schließlich erhob sich Mateo. "Komm, wir müssen Raul berichten." Carlos stand auf, sein Gesicht entschlossen. "Ja ok." Gemeinsam verließen sie die Dachterrasse und tauchten wieder in die düstere Welt des Clubs ein, entschlossen, ihren dunklen Weg weiterzugehen. Später, als Mateo Raul in dessen luxuriösem Büro im obersten Stockwerk des Clubs berichtete, dass Pedro tot war, interessierte es ihren Boss kaum. Rauls Büro war opulent eingerichtet, mit schweren Samtvorhängen, antiken Möbeln und einem riesigen Schreibtisch aus dunklem Holz. "Hast du mit Rosa geschlafen?" fragte Raul plötzlich und sah Mateo scharf an. Seine Augen waren schmal, funkelnd vor unterdrücktem Zorn. Mateo zögerte, dann nickte er. "Nur einmal." Rauls Augen verengten sich vor Zorn. "Du wirst das wiedergutmachen, indem du die Frauen tötest. Dann ist alles wieder gut." Das Signal des Peilsenders in Rosas Handy blinkte plötzlich wieder auf, und Raul befahl den Brüdern, zur Tankstelle zu fahren. Rosa wusste längst von dem Peilsender und hatte ihr Handy absichtlich wieder angeschaltet, um Mateo und Carlos in eine Falle zu locken. Während sie auf die Ankunft der Brüder warteten, bemerkte Beatriz, dass Isabel sich seltsam verhielt. "Was ist los?" fragte sie besorgt. Isabel brach in Tränen aus und erzählte von der Vergewaltigung in der Bar. "Ich war so froh, endlich nein sagen zu können, aber es hat nichts gebracht." Beatriz nahm sie fest in den Arm. "Wir werden diesen Kerl finden und ihm das Gleiche antun," versprach sie düster. Inzwischen näherten sich Mateo und Carlos der Tankstelle. Mateo bat seinen Bruder, aus dem Auto zu steigen. "Ich will das alleine durchziehen," sagte er. Carlos widersprach, aber Mateo bestand darauf. Widerwillig ließ Carlos ihn gehen. Mateo sah die beiden Frauen Isabel und Beatriz auf einem Motorrad und die Verfolgungsjagd begann. Sie führten ihn zu der Grube, die sie mit dem Bagger gegraben hatten. Über das Loch hatten sie eine Holzplanke gelegt, die sie sicher überquerten. Mateo bemerkte die Falle zu spät, die Planke brach unter seinem Gewicht und er stürzte in die Tiefe. Als er wieder zu sich kam, sah er Isabel im Bagger, wie sie Sand über sein Auto schüttete. Panisch öffnete er die Tür einen Spalt und schoss in ihre Richtung. Aber es war zu spät. Der Sand begrub ihn lebendig. Beatriz rannte zu Isabel und bemerkte die Schusswunde in ihrem Bauch. Zur gleichen Zeit betrat Rosa den Club. Die Tür knarrte leise, als sie sie öffnete, und Tomas, Rauls Bodyguard, führte sie in sein Büro. Die Prostituierten starrten sie an, ungläubig, dass sie zurückgekehrt war. "Warum bist du zurückgekommen?" fragte Raul kalt, seine Stimme wie eine Peitsche in der stillen Dunkelheit des Büros. "Ich habe erkannt, dass ich in den Club gehöre. Zu dir gehöre," antwortete Rosa, ihre Stimme fest, obwohl ihr Herz raste. Raul, vollgepumpt mit Drogen, war außer sich vor Wut. "Du hast mit Mateo geschlafen!" schrie er und griff nach einem Katana, das an der Wand hing. Die Klinge glänzte unheilvoll im schwachen Licht des Raumes. Doch bevor er zustechen konnte, lief Schaum aus seinem Mund, und er brach zusammen. Rosa kniete neben ihm, ihre Hände zitterten, als sie ihn ansah. Trotz allem hatte sie noch Gefühle für ihn. Sie begann mit einer Herzdruckmassage, und nach endlosen Sekunden öffnete Raul die Augen.

KAPITEL 9 – DER WEG DER VERDAMMTEN

Die Sonne versank blutrot hinter den verlassenen Hochhäusern der Stadt, als Carlos, der treue Handlanger des berüchtigten Zuhälters Raul, durch die engen, düsteren Gassen fuhr. Die Straßen waren gesäumt von heruntergekommenen Gebäuden, deren Fenster zerbrochen und mit Graffiti beschmiert waren. Müllberge türmten sich auf den Gehwegen, und das schummrige Licht der wenigen funktionierenden Straßenlaternen warf gespenstische Schatten. Sein Herz hämmerte in seiner Brust, als er an seinen Bruder Mateo dachte. Mateo war verschwunden, seitdem er den Auftrag übernommen hatte, Isabel und Beatriz zu verfolgen. Nun fuhr Carlos zum letzten Standort, den Mateo ihm geschickt hatte. Die Umgebung wurde immer düsterer, und die Schatten der Nacht begannen, die Straßen zu umarmen. Er konnte den Geruch von Verfall und Verzweiflung fast schmecken. Plötzlich erblickte er die Hörner des Geländewagens von Mateo, die einsam am Straßenrand lagen, als wären sie die Überreste eines längst vergangenen Kampfes. Panik stieg in ihm auf, als er ausstieg und die Umgebung absuchte. Keine Spur von Mateo. Seine Sorgen wuchsen, als er in die Ferne blickte und ein Motorrad auf sich zukommen sah. Zwei Gestalten saßen darauf – Isabel und Beatriz. Carlos zog seine Pistole und richtete sie auf die Frauen. „Halt!", schrie er, seine Stimme durchdrungen von Angst und Wut. Die beiden Frauen stoppten abrupt, und Isabel zögerte nicht lange, selbst eine Waffe zu ziehen. „Komm uns nicht zu nahe oder du bist ein toter Mann!", rief sie zurück, ihre Augen funkelten im fahlen Licht. „Wo ist Mateo?", verlangte Carlos zu wissen, seine Stimme bebend vor Anspannung. Isabel verzog ihr Gesicht zu einem zynischen Lächeln. „Möglicherweise bei den Engeln – oder in der Hölle. Du entscheidest." „Isabel, ich habe keine Zeit für deine Spielchen!", rief Carlos verzweifelt. „Sag mir, wo mein Bruder ist, oder ich schwöre, dass ich euch beiden das Leben zur Hölle mache!" Beatriz, die bisher geschwiegen hatte, trat einen Schritt nach vorne. „Hör zu, Carlos, wir wollen keinen Ärger. Mateo hat sich mit den falschen Leuten eingelassen. Wir hatten nichts damit zu tun." „Nichts damit zu tun?", Carlos spie die Worte förmlich aus. „Ihr seid der Grund, warum er überhaupt erst in Gefahr ist!" Isabel trat näher, ihre Stiefel knirschten auf dem Kies. Carlos war verzweifelt und krank vor Sorge. Er ergab sich schließlich und Isabel schob seine Waffe weg. Ihre eigene Pistole richtete sie auf ihn. „Auf die Knie! Mund auf!", befahl sie kalt. Carlos gehorchte zitternd. Isabel steckte den Lauf ihrer Waffe in seinen Mund und sprach mit eisiger Stimme: „Ich hasse dich so sehr, weil du mein Leben ruiniert hast. Wegen dir kann ich kein normales Leben führen." Sie erinnerte sich an den Club, an Carlos widerliche Bemerkung und sein grausames Verhalten. „Du hast gesagt, dass du mein Loch größer machen würdest, damit ich keine Schmerzen mehr habe. Du hast mich gefesselt, damit du dich an mir vergehen konntest." Carlos weinte unkontrolliert, während Isabel fortfuhr: „Jetzt bete zur heiligen Jungfrau Maria, so wie du mich damals gezwungen hast zu beten." Carlos schloss die Augen, betete laut und schluchzte. Die Dunkelheit um ihn herum schien ihn zu verschlingen. Plötzlich bemerkte er, dass Isabel und Beatriz auf das Motorrad gestiegen und davongefahren waren. Er schrie erleichtert in die Luft, sein Schrei hallte in der Stille wider. Doch seine Erleichterung währte nicht lange. Ein dumpfes Hupen drang aus der Nähe an seine Ohren. Verwirrt rannte er zu einer nahegelegenen Baustelle. Der Ort war ein trostloses Labyrinth aus rostigem Stahl und verrottendem Holz, wo sich Schutt und Geröll türmten. Zwischen den Ruinen und halbfertigen Gebäuden hörte er schließlich Mateos verzweifeltes Schreien. Er realisierte, dass sein Bruder vergraben worden war. Mit aller Kraft stieg er in einen Bagger, dessen Lack durch den Zahn der Zeit abblätterte, und begann, die Erde zu beseitigen. Schweiß und Tränen liefen ihm über das Gesicht, als er endlich die Windschutzscheibe von Mateos Wagen freilegte. Carlos sprang in die Grube, die von einem gespenstischen Licht erhellt wurde, und die Brüder sahen sich voller Freude und Erleichterung in die Augen. Mateo trat die Windschutzscheibe ein und kletterte aus dem Wagen. Sie umarmten sich, und Mateo begann zu weinen, seine Tränen mischten sich mit dem Dreck auf seinem Gesicht. „Ich dachte, ich würde hier sterben, Carlos", flüsterte Mateo, seine Stimme schwach und brüchig. „Nicht, solange ich atme, Bruder", antwortete Carlos, seine Stimme fest, obwohl sein Herz vor Erleichterung bebte. „Lass uns von hier verschwinden, bevor sie zurückkommen." Zur gleichen Zeit fuhren Isabel und Beatriz durch den dichten, finsteren Wald. Die Bäume erhoben sich wie riesige Schattenwächter um sie herum, und der Boden war von Laub und Ästen bedeckt, die unter ihren Reifen knackten. Beatriz übersah plötzlich eine dicke Wurzel eines sehr alten Baumes und ehe sie abbremsen konnte, flogen die zwei Frauen schon durch die Luft und prallten auf den harten Waldboden auf. Isabel kämpfte mit einer schlimmen Schusswunde und verlor immer mehr Blut. Jeder Atemzug wurde zu einem Kampf, als sie schwächer wurde. Beatriz trug sie schließlich weiter durch den dichten Wald, jeder Schritt ein Kampf ums Überleben „Isa, halt durch!", keuchte Beatriz, ihre Augen suchten verzweifelt nach einem sicheren Ort. „Wir sind fast da, ich schwöre es." Isabel blickte sie mit glasigen Augen an. „Bea, ich weiß nicht, wie lange ich noch durchhalte..." „Du wirst es schaffen", sagte Beatriz, obwohl sie selbst nicht sicher war. „Wir werden es beide schaffen. Wir haben schon Schlimmeres überlebt." In der Stadt war Rosa dabei, Raul wiederzubeleben. Er lag schwach auf dem kalten Boden seines Büros, während Rosa die Drogen auf seinem Schreibtisch entdeckte und eine lange Line zog. Vollkommen zugedröhnt schnappte sie sich zwei Pistolen und torkelte in den Club. Tomas, Rauls Bodyguard, stellte sich ihr in den Weg, seine imposante Gestalt schien den gesamten Eingang zu füllen. „Was zum Teufel hast du vor, Rosa?", rief er, doch bevor er reagieren konnte, schoss sie ihm ins Bein. Tomas fiel um, und Rosa, von den Drogen außer Kontrolle, zwang den DJ, laute Musik aufzulegen. „Tanzen!", schrie sie und fuchtelte wild mit den Pistolen herum. Die Prostituierten und Türsteher begannen widerwillig zu tanzen, während Rosa wie eine Wahnsinnige durch den Raum wirbelte. Die bunten Lichter des Clubs spiegelten sich in ihren weit aufgerissenen Augen wider. Raul hatte sich inzwischen wieder aufgerappelt und hinkte langsam auf sie zu. „Rosa, hör auf!", rief er, seine Stimme brüchig und schwach. Rosa drehte sich zu ihm um, lächelte überschwänglich und schien ihn nicht mehr wahrzunehmen. „Tschüss, Leute!", rief sie, doch in dem Moment wurde sie von einer Konfettikanone getroffen. Sie fiel zu Boden und blieb reglos liegen. Eine der Prostituierten hatte die Kanone abgefeuert. Stille legte sich über den Club, und Raul starrte fassungslos auf die Szene, während das bunte Konfetti langsam zu Boden schwebte. Die Musik verstummte, und alle hielten den Atem an, als die Sekunden wie Stunden vergingen.

KAPITEL 10 – FLUCHT INS UNGEWISSE

Der Regen prasselte unaufhörlich auf die Blätter des dichten Waldes, die Tropfen tanzten auf den breiten Farnen und vermischten sich mit dem Schlamm auf dem Boden. Der Mond schien fahl durch die dichten Wolken, tauchte die Szenerie in ein gespenstisches Licht. Die Dunkelheit schien alles zu verschlingen, und doch waren da zwei Figuren, die sich durch das Dickicht kämpften, keuchend und verzweifelt „Isa, wir müssen uns beeilen!", rief Beatriz, ihre Stimme voller Panik und Verzweiflung, während sie ihre Freundin stützte. Isabel hielt sich mit schmerzverzerrtem Gesicht die Seite, wo das Blut unaufhörlich aus der Schusswunde strömte, sich mit dem Regenwasser vermischte und eine düstere Spur hinterließ. „Ich... ich schaff das nicht mehr, Bea..." stöhnte Isabel, ihre Schritte wurden schwerer, und sie stolperte immer wieder. „Doch, du schaffst das! Da vorne, siehst du? Die Jagdhütte! Nur noch ein kleines Stück!" Beatriz klang entschlossen, doch die Angst in ihrer Stimme war unüberhörbar. Sie zerrte Isabel weiter, bis sie endlich die Hütte erreichten. Die Jagdhütte war eine alte, verlassene Konstruktion aus dunklem, verwittertem Holz, deren Fensterläden im Wind knarrten und die Tür schief in den Angeln hing. Das Dach war moosbewachsen, und Spinnweben zogen sich über die Ecken des kleinen Vordachs. Beatriz schlug die Tür auf und half Isabel, sich auf den staubigen Holzboden zu legen. Der Raum war spärlich möbliert, nur ein paar alte Stühle und ein zerbrochener Tisch standen herum, und eine dicke Staubschicht bedeckte alles. „Bleib hier. Ich rufe Rosa an", sagte Beatriz und griff mit zitternden Händen zum Telefon, das sie in ihrer Tasche trug. Sie wählte hastig die Nummer, während Isabel schwer atmend auf dem Boden lag, ihr Gesicht eine Maske des Schmerzes. Nach mehreren endlosen Klingelzeichen ertönte endlich eine raue, bekannte Stimme am anderen Ende der Leitung. „Ja?" meldete sich Raul, ihre Herzen gefroren. Beatriz erstarrte. „Raul... ähm, ich..." begann sie, aber ihre Stimme versagte. Isabel, die trotz ihrer Schmerzen die Situation erfasst hatte, rief schwach: „Leg auf! Er kann den Anruf zurückverfolgen!" Beatriz beendete das Gespräch hastig, ihr Herz hämmerte in ihrer Brust. „Was machen wir jetzt, Isabel?" Isabel biss die Zähne zusammen und sah sich im Raum um. In einer Ecke der Hütte entdeckte sie verrostete Schrotflinten, die an der Wand hingen, und eine alte Bärenfalle, die halb unter einem Stapel verrotteter Decken verborgen war. „Wir werden uns verteidigen. Hilf mir, die Wunde zu schließen." Mit zittrigen Händen brachte Beatriz Schießpulver aus einem der verstaubten Jagdgewehre und zündete es an. Isabel schrie vor Schmerzen auf, als das glühende Pulver ihre Wunde verschloss, der Geruch von verbranntem Fleisch erfüllte den Raum. „Du wirst es schaffen", flüsterte Beatriz und drückte ihre Hand, die Tränen liefen ihr über die Wangen. Doch sie hatten keine Zeit zu verlieren. Plötzlich knarzte das Funkgerät, dass sie Mateo gestohlen hatten, in der Ecke der Hütte. Eine statische Stille folgte, dann knarzte Rauls Stimme durch den Äther: „Sie sind in der Nähe der alten Jagdhütte. Mateo, Carlos, ihr wisst, was zu tun ist." Beatriz sah Isabel mit weit aufgerissenen Augen an. „Sie kommen. Was machen wir jetzt?" „Versteck die Bärenfalle vor dem Eingang. Und mach die Schrotflinten bereit", sagte Isabel, deren Gesicht von Schmerzen und Entschlossenheit gleichermaßen gezeichnet war. Die beiden Frauen arbeiteten schnell und effizient, ihre Angst trieb sie an. Kaum hatten sie ihre Vorbereitungen getroffen, da hallten bereits Schüsse durch den Wald. Kugeln durchlöcherten die Wände der Hütte und splitterten das Holz, das Knattern hallte durch die Nacht. Isabel und Beatriz erwiderten das Feuer mit den alten Schrotflinten, die Rückstöße ließen ihre Schultern schmerzen. Ein Schrei erklang, als Mateo am Arm getroffen wurde. „Scheiße! Ich habe keine Munition mehr!" brüllte Mateo und feuerte wütend die letzten Patronen ab, seine Stimme überschlug sich vor Wut und Verzweiflung. Carlos sah seinen Bruder besorgt an. „Hast du sie alle erwischt?" Mateo schnaufte vor Zorn. „Könnte sein, aber wir müssen sicher sein." Er zog einen Kanister aus dem Truck und begann, Benzin abzuzapfen. „Wir brennen die Hütte nieder." Doch bevor sie ihren Plan ausführen konnten, öffnete Beatriz plötzlich die Tür. „Nicht schießen! Bitte! Ich tue alles, was ihr wollt!" schrie sie, ihre Hände erhoben, Tränen liefen ihr über das Gesicht. Carlos trat vorsichtig näher, seine Augen misstrauisch schmal. „Was zum Teufel..." begann er, doch in dem Moment, als er die Schwelle überschritt, schnappte die Bärenfalle zu. Ein schrecklicher Schrei durchbrach die Nacht, als die Falle sich in sein Bein bohrte, das Blut spritzte. Mateo sah entsetzt zu, wie Beatriz und Isabel den schreienden Carlos in die Hütte zogen. „Bleib zurück, oder wir erschießen ihn!" drohte Isabel, die Schrotflinte fest in der Hand, ihr Blick unnachgiebig. Drinnen wandte sich Isabel an den gefangenen Carlos. „Ihr habt mein Leben ruiniert. Ihr habt alles zerstört", sagte sie, ihre Stimme bebte vor Wut und Schmerz. Carlos keuchte vor Schmerzen und sah sie mit hasserfüllten Augen an. „Mein Bruder hat mein Leben ruiniert. Und mein Vater hat das Leben meines Bruders ruiniert. Es gibt immer jemanden, dem man die Schuld geben kann. Du bist nicht die Einzige, die leidet." Isabel wurde vor Zorn rot und trat gegen sein eingeklemmtes Bein. Carlos schrie auf, der Schmerz verzerrte sein Gesicht. Beatriz befreite ihn aus der Falle und richtete die Waffe auf ihn. „Halt den Mund und beweg dich nicht", befahl sie, ihre Stimme fest. Währenddessen, im Club, umschlang Rosa Raul, ihre Lippen trafen sich in einem intensiven Kuss. Sie versuchte verzweifelt, sein Vertrauen zurückzugewinnen, während ihre Gedanken bei Isabel und Beatriz waren. Doch dann klingelte Rauls Handy. Mateo berichtete ihm von der Geiselnahme seines Bruders. „Was zur Hölle ist da los?" fauchte Raul ins Telefon. Seine Augen verengten sich, und er packte Rosa grob am Arm. „Wir fahren sofort zur Hütte." Rosa nickte, während ihre Gedanken rasten. Sie steuerte den Wagen, während Raul sie mit einer Waffe bedrohte, sein Gesicht eine Maske der Wut. Als sie die Hütte erreichten, parkte Rosa den Wagen, und Raul sprang heraus, die Waffe im Anschlag. „Lass Carlos frei und wir lassen Rosa gehen", forderte er. Isabel und Beatriz tauschten einen schnellen Blick. „Wir müssen ihn behalten. Sonst sind wir tot", flüsterte Isabel. Sie nickten einander zu, dann rasten sie mit Rauls Auto davon. „Rosa, steig ein!", rief Beatriz, und Rosa sprang hastig in den Wagen. „Wir müssen den Wagen anhalten, er kann geortet werden", sagte Rosa, die hinter ihnen im Auto saß. „Hier, nehmt die nächste Abzweigung." Sie fuhren in eine abgelegene Seitengasse, stiegen hastig aus und legten den bewusstlosen Carlos in den Kofferraum. „Wir täuschen einen Unfall vor", sagte Isabel entschlossen. „Beatriz, leg dich auf die Straße und tu so, als wärst du bewusstlos." Ein blauer Truck kam die Straße entlang. Der Fahrer, ein älterer Mann mit freundlichem Gesicht, hielt an. „Alles in Ordnung hier?", fragte er besorgt und stieg aus. Plötzlich richtete sich Isabel auf, die Schrotflinte im Anschlag. „Hände hoch!", befahl sie. Der Mann hob erschrocken die Hände. „Wir brauchen deinen Truck", sagte sie kalt. Beatriz öffnete die Fahrertür, während Isabel den Mann im Auge behielt. Sie verfrachteten Carlos in den Kofferraum des Trucks und fuhren los, das Adrenalin pumpte durch ihre Adern. Der Mann, der an der Straßenseite stehen geblieben war, hörte ein gedämpftes Klopfen aus dem Kofferraum. „Raul... ruf Raul an... die Frauen sind in einem blauen Truck..." kam die Stimme von Carlos. Wenig später, auf einer verlassenen Landstraße, kreuzten sie Mateo und Raul. Eine wilde Verfolgungsjagd begann. Die Nacht war dunkel und bedrohlich, der Regen hatte nicht nachgelassen und peitschte auf die Windschutzscheibe des blauen Trucks, den Isabel mit angespanntem Gesichtsausdruck lenkte. Beatriz saß neben ihr, ihre Augen huschten nervös von den Seitenspiegeln zum Rückspiegel und zurück. Der Motor heulte auf, als Isabel das Gaspedal durchtrat. Der Truck schoss die schmale, kurvige Straße entlang, die Scheinwerfer bohrten sich wie Speere in die Dunkelheit. Hinter ihnen brüllte ein mächtiger Motor auf. Mateo und Raul, in ihrem schwarzen SUV, holten schnell auf. Ihre Scheinwerfer schwenkten wie suchende Augen hin und her, und das Aufheulen des Motors durchdrang die unheilvolle Stille der Nacht. „Sie sind direkt hinter uns!" rief Beatriz, ihre Stimme zitterte vor Angst. „Was machen wir jetzt, Isabel?" „Halt dich fest", antwortete Isabel mit zusammengebissenen Zähnen. Ihre Hände umklammerten das Lenkrad so fest, dass die Knöchel weiß hervortraten. Sie nahm eine scharfe Kurve, der Truck driftete gefährlich nahe an den Rand der Straße, wo ein Abgrund lauerte. Raul, der das Steuer ihres Verfolgers fest im Griff hatte, knurrte: „Lass sie nicht entkommen, Mateo!" „Ich hab sie im Visier", antwortete Mateo und lud seine Waffe durch. Er lehnte sich aus dem Fenster und feuerte mehrere Schüsse ab, die in den Truck einschlugen. Metall kreischte, und eine Kugel durchschlug den Rückspiegel. „Verdammt!" schrie Beatriz und duckte sich. „Sie schießen auf uns!" Isabel gab Gas, der Truck ruckte nach vorne, als sie die Drehzahlgrenze überschritt. „Wir müssen sie abschütteln! Such nach einer Straße oder einem Pfad, der abzweigt." Beatriz scannte hektisch die Umgebung. „Da vorne, links! Ein Waldweg!" Isabel zog das Lenkrad abrupt herum, der Truck schlingerte und driftete in den schmalen, unbefestigten Pfad, der tief in den Wald führte. Äste peitschten gegen die Windschutzscheibe, und der Boden unter den Rädern war matschig und uneben. Der SUV folgte dicht hinter ihnen, die Scheinwerfer bohrten sich durch das Dickicht wie stählerne Augen. „Wir können nicht ewig so weiterfahren", keuchte Beatriz. „Der Truck wird das nicht durchhalten!" „Wir haben keine Wahl!" rief Isabel zurück. Sie wusste, dass ihre einzige Hoffnung darin bestand, Raul und Mateo irgendwie abzuschütteln. Der Pfad wurde immer enger, die Bäume rückten bedrohlich nahe, und das Dröhnen des Motors vermischte sich mit dem Rauschen des Regens und dem Heulen des Windes. Plötzlich tauchte vor ihnen ein umgestürzter Baum auf. Isabel riss das Lenkrad herum, der Truck krachte durch das Unterholz, riss Äste ab und schleuderte Schlamm und Steine in die Luft. Sie kamen auf einen breiteren Forstweg, doch der SUV war ihnen dicht auf den Fersen. „Wir müssen uns etwas einfallen lassen, sonst sind wir erledigt", sagte Beatriz und blickte verzweifelt zu Isabel. „Ich weiß", antwortete Isabel, ihr Blick fest auf die Straße vor ihr gerichtet.

„Aber wir geben nicht auf." Hinter ihnen lehnte sich Mateo erneut aus dem Fenster und zielte. In dem Moment, als er abdrückte, nahm Isabel eine scharfe Kurve. Die Kugel verfehlte den Truck und prallte gegen einen Baumstamm. „Diese verdammten Schlampen!" schrie Mateo wütend. Raul blieb konzentriert. Der Forstweg endete abrupt an einem felsigen Abhang. Isabel sah es zu spät und riss das Lenkrad herum. Der Truck schleuderte, krachte durch das Unterholz und kam auf einer anderen, noch schmaleren Straße zum Stehen. Der SUV hatte Schwierigkeiten zu folgen, doch Raul ließ sich nicht abschütteln. Plötzlich, in der Ferne, sahen die Frauen die Lichter eines kleinen Dorfs. „Da vorne! Vielleicht finden wir dort Hilfe!" rief Beatriz. „Das ist unsere Chance!" Isabel gab erneut Gas, der Motor des Trucks heulte auf, und sie schossen auf das Dorf zu. Doch das Licht schien weiter entfernt, als sie zunächst gedacht hatten. Der Wald schien kein Ende zu nehmen. Mateo, mittlerweile völlig außer sich, schrie: „Wir haben keine Zeit mehr, Raul! Wir müssen sie stoppen, bevor sie das Dorf erreichen!" Raul nickte und trat ebenfalls das Gaspedal durch. Der SUV holte wieder auf, die Distanz schmolz dahin. In diesem Moment, als der Abstand zwischen den Fahrzeugen nur noch wenige Meter betrug, sah Isabel einen schmalen, zugewucherten Pfad, der abrupt von der Straße abging. „Das ist unser einziger Ausweg", murmelte sie und zog das Lenkrad herum. Der Truck sprang förmlich in den Pfad hinein, Äste krachten gegen das Fahrzeug, der Boden war uneben und voller Schlamm. Doch sie gewannen etwas Abstand. Der SUV kam nur schwer hinterher, die Äste und das dichte Unterholz behinderten ihre Verfolger. „Wir schaffen es, Beatriz! Halte durch!" rief Isabel, ihre Augen blitzten entschlossen. Doch in diesem Moment tauchten Scheinwerfer vor ihnen auf, blendend und unbarmherzig. Ein schwarzer Van blockierte plötzlich die Straße, tauchte wie ein Schatten aus dem Nichts auf. Isabel hatte keine Zeit zu reagieren, sie riss das Lenkrad herum, aber es war zu spät. Der Truck krachte in den Graben, überschlug sich mehrmals und blieb schließlich auf dem Dach liegen. Alles wurde still, nur das leise Rauschen des Regens und das Klirren von zerbrochenem Glas waren zu hören. Isabel und Beatriz wurden bewusstlos, der Regen strömte auf das Wrack nieder und vermischte sich mit dem Schlamm und dem Blut. Isabel wachte als Erste auf. Der Schmerz war unerträglich, jeder Atemzug fühlte sich an, als würde ihre Lunge in Flammen stehen. Sie öffnete die Augen und sah Beatriz neben sich, reglos, aber atmete noch. „Bea... wir...

müssen... hier raus..." flüsterte Isabel, ihre Stimme kaum hörbar. Doch bevor sie sich bewegen konnte, hörte sie Schritte. Mateo und Raul standen über ihnen, ein grausames Lächeln auf ihren Gesichtern. „Das Spiel ist aus", sagte Raul kalt. „Ihr hattet eure Chance." Sie waren in einer Grube gefangen, ähnlich zu der, die sie für Mateo gegraben hatten. Mateo begann, Zement über das Fahrzeug zu gießen. „Das ist das Ende", flüsterte Isabel, während Beatriz verzweifelt nach einem Ausweg suchte. Doch ihre Bemühungen schienen vergeblich, als der Zement das Auto langsam verschlang, ihre Welt in Dunkelheit hüllend.

KAPITEL 11 – GEFANGEN IM BETON

Die Nacht lag wie ein schwerer Vorhang über der verlassenen Industriebrache, wo der schäbige alte Truck im Zementloch feststeckte. Dichte Wolken verdeckten den Mond und ließen nur spärliches Licht durch, das die Szenerie in ein düsteres, gespenstisches Licht tauchte. Rosa, Isabel und Beatriz saßen zusammengepfercht und zitterten in der klaustrophobischen Enge des Fahrzeugs, während eine stumme, kalte Leiche am Steuer die Luft mit einem modrigen Geruch erfüllte. Vermutlich ein weiteres Opfer, dass Raul verschwinden lassen musste. Nur mit dem Licht ihrer Smartphones konnten sich die Frauen zurechtfinden. „Wir müssen hier raus", flüsterte Rosa, ihre Stimme bebend vor Entschlossenheit, während ihre Hände fieberhaft nach einem Feuerzeug suchten. „Irgendwie." Isabel, mit weit aufgerissenen Augen vor Panik, schnappte nach Luft. „Das ist Wahnsinn", keuchte sie, „die haben uns in Beton gegossen! Was sollen wir tun? Rosa, das ist doch aussichtslos!" „Hör auf zu jammern, Isa!", fauchte Rosa zurück, ihre Stimme scharf und entschlossen. „Es gibt immer einen Weg. Wir müssen ihn nur finden." Beatriz, die jüngste der drei, biss sich auf die Lippe und wischte sich eine Träne von der Wange.

Ihre Stimme war kaum mehr als ein Flüstern. „Wir können nicht einfach hierbleiben und sterben. Rosa, hast du einen Plan?" Die trostlose Umgebung draußen verstärkte die Beklemmung im Auto. Verfallene Fabrikgebäude mit zerbrochenen Fenstern und graffitibedeckten Wänden ragten wie riesige, stumme Wächter in den Nachthimmel. Der Wind heulte durch die leeren Gänge, ließ rostige Metallteile klappern und verstärkte das Gefühl der Isolation. Da alle drei zudem noch gefesselt waren, mussten sie erstmal die Fesseln lösen, um sich dann Gedanken machen zu können, wie sie dort rauskommen. Rosa beugte sich vor und begann, mit dem Mund die Hosentaschen der Leiche zu durchsuchen. Ihre Bewegungen waren verzweifelt und hastig. Plötzlich löste sich die Hand des toten Mannes vom Steuer und landete schwer auf ihrem Kopf. Rosa schrie vor Ekel auf und zog sich zurück, ihre Augen weit vor Entsetzen. „Oh Gott, Rosa!", schrie Isabel, ihre Stimme überschlug sich vor Panik. „Das bringt doch nichts! Was, wenn wir hier nie rauskommen? Was, wenn wir hier einfach... draufgehen?" Aber Rosa war unerbittlich. Sie atmete tief durch, ignorierte den kalten Schauer, der ihr den Rücken hinunterlief, und durchsuchte weiter die Taschen. Endlich fand sie ein Feuerzeug und ihre Augen leuchteten auf. „Ich hab was!", rief sie triumphierend. Mit dem Feuerzeug in der Hand begann sie, den Kabelbinder an ihren Handgelenken zu schmelzen. Die Flamme war klein, aber stark genug. Mit einer Mischung aus Erleichterung und Schmerz befreite sie ihre Hände und ging dann zu Isabel und Beatriz. „Haltet still", murmelte sie, während sie die Flammen an die Fesseln der anderen hielt. „Gott sei Dank", stöhnte Isabel, als sie endlich ihre Hände frei hatte. „Aber was jetzt? Rosa, was sollen wir tun?" „Wir durchsuchen den Kofferraum", entschied Rosa, ihre Stimme fest. „Es muss etwas Nützliches drin sein." Die drei Frauen krochen in den Kofferraum und suchten hektisch. Die Dunkelheit war erdrückend und jeder Schatten schien wie eine drohende Gefahr. Rosa fand schließlich einen Bohrer und ein hoffnungsvoller Glanz trat in ihre Augen. „Vielleicht können wir uns damit herausbohren", sagte sie und begann sofort zu arbeiten. Der Bohrer surrte und vibrierte in ihren Händen, doch nach kurzer Zeit ging die Batterie aus. Die Verzweiflung kehrte zurück, drückte schwer auf ihre Schultern. „Es geht nicht", flüsterte Beatriz, ihre Stimme brach. „Wir sind verloren." „Verdammt!", schrie Rosa und warf den Bohrer weg. Ihre Hände zitterten, als sie zu Hammer und Meißel griff. „Ich werde nicht aufgeben! Wir werden hier rauskommen, verdammt noch mal!" Doch ihre Schläge waren kraftlos und ineffektiv. Der Zement war hart und unnachgiebig, genau wie die Hoffnungslosigkeit, die sich in ihrem Inneren ausbreitete. „Es hat keinen Sinn", murmelte Rosa schließlich, ihre Stimme tonlos vor Resignation. Mit leerem Blick zog sie eine Pille aus ihrer Tasche und schluckte sie, sie hinterließ einen bitteren Geschmack auf ihrer Zunge. Isabel sah sie an, ihre Augen glasig vor Angst und Tränen. „Gib mir auch eine", bat sie leise. Rosa nickte stumm und reichte ihr eine Pille. „Setz dich zu uns", flüsterte Beatriz, und Rosa ließ sich auf die Rückbank zwischen ihre Freundinnen fallen. Sie lagen dort, zitternd und erschöpft, während die Dunkelheit sie umhüllte. Unterdessen, im Bordell, lehnte sich Raul entspannt zurück und stieß mit seinen Handlangern Mateo und Carlos an. Der Raum war stickig, gefüllt mit dem Geruch von Alkohol, Rauch und Schweiß. Die Wände waren mit prunkvollen, aber abgenutzten Tapeten bedeckt, und die Möbel sahen teuer aus, doch sie trugen die Spuren vieler Nächte exzessiver Feiern. „Endlich sind wir sie los", sagte Raul und seine Stimme klang zufrieden. „Keine Probleme mehr." Mateo und Carlos tauschten einen Blick aus. Mateo nahm einen tiefen Schluck von seinem Drink, bevor er sprach. „Raul", begann er zögernd. „Wir wollen aussteigen. Es ist Zeit für uns, weiterzuziehen." Rauls Gesicht verdüsterte sich für einen Moment, seine Augen blitzten gefährlich. „Aussteigen? Ihr wollt mich also verlassen?" Seine Stimme war leise, aber scharf wie ein Messer. Mateo nickte langsam. „Ja, Raul. Wir haben lange darüber nachgedacht. Wir können das hier nicht mehr. Wir wollen ein neues Leben anfangen." Raul lachte bitter und schüttelte den Kopf. „Ein neues Leben? Denkt ihr wirklich, dass ihr einfach so hier rausspazieren könnt?" Carlos trat vor und legte eine Hand auf Rauls Schulter. „Wir haben dir jahrelang gedient, Raul. Wir haben mehr als genug getan. Lass uns einfach gehen." Raul starrte sie an, seine Augen voller Zorn. Doch dann zwang er sich zu einem Lächeln und hob sein Glas. „Na gut", sagte er schließlich. „Dann feiern wir eben eine Abschiedsparty." Die Musik im Club war laut und pulsierend, das Licht wechselte in schnellen, bunten Mustern und warf seltsame Schatten an die Wände. Einige der anderen Prostituierten hatten, ermutigt durch Rosas Mut, ebenfalls beschlossen, abzuhauen. Rosa hatte ihre Pässe aus Rauls Büro gestohlen und ihnen zurückgebracht. Doch als sie Schritte hörten, die sich ihrem Schlafraum näherten, erstarrten sie. Es war Carlos, betrunken und unter Drogen, der sie aufforderte, sich zurechtzumachen und mit ihm zu feiern. „Ich will nicht", flüsterte Ruby, ihre Stimme bebend vor Angst. Doch Carlos's Blick fiel auf den Pass, der unter ihrem Kopfkissen hervorlugte. Mit einem scharfen Lächeln zog er ihn hervor. „Versuchst du abzuhauen?", zischte er und trat näher, seine Augen funkelten vor Wut. Ruby schüttelte den Kopf, Tränen liefen ihr über die Wangen. „Nein, ich... ich wollte nicht...", stammelte sie. „Rosa hat ihn mir einfach gegeben." Carlos lachte kalt und begann, alle Frauen zu durchsuchen, ihre Pässe einzusammeln. „Dumme Schlampen", murmelte er, während er die Pässe in seine Tasche stopfte. „Denkt ihr wirklich, ihr könntet entkommen?" Die Party tobte weiter. Raul nahm Mateo zur Seite und fragte, „Wie oft hast du mit Rosa geschlafen?" Raul ließ der Gedanke einfach nicht los, dass zwischen Mateo und Rosa was lief. Mateo sah ihn einen Moment lang schweigend an. „Fünf Mal", antwortete er schließlich und senkte den Blick. Raul funkelte ihn wütend an, seine Hand ballte sich zur Faust, doch Mateo hob beschwichtigend die Hände. „Sie hat uns beide nur manipuliert. Sie ist nichts Besonderes." In diesem Moment kam Carlos hinzu und reichte Raul einen speziellen Drink. „Das wird deinen Schwanz wieder in Gang bringen", versprach er. Raul zögerte einen Moment, dann kippte er das Getränk hinunter und feierte weiter, seine Laune merklich verbessert. Nach einigen Stunden feuchtfröhlicher Feierei erhob sich ein Mitarbeiter des Clubs, seine Augen müde und glasig. „Ich geh' nach Hause Leute", murmelte er, seine Stimme kaum hörbar über das dröhnende Geräusch der Musik hinweg. Doch Carlos, der bereits viel zu viel getrunken und zu viele Drogen genommen hatte, drehte sich abrupt zu ihm um. „Was hast du gesagt?", knurrte er, seine Augen funkelten vor Wut. Der Mann zuckte zusammen, doch er wiederholte zögernd: „Ich... ich geh' nach Hause. Es ist spät." Carlos Gesicht verzog sich zu einem bösartigen Grinsen. „Nach Hause, ja? Glaubst du, du kannst einfach so gehen?" Mit einem schnellen Griff packte er den Mann am Kragen und zerrte ihn zu einem Sessel in der Ecke des Raums. „Was... was machst du?!", stotterte der Mann, Panik in seiner Stimme. „Lass mich los!" Doch Carlos ließ sich nicht beirren. „Du wirst nicht gehen", sagte er leise, doch seine Stimme triefte vor Bedrohung. „Nicht, solange ich das sage." Die anderen Gäste im Club verstummten, die Musik schien leiser zu werden, als ob selbst die Lautsprecher Angst vor Carlos hätten. Mateo, der in der Nähe stand, sah entsetzt zu, während Carlos den Mann brutal auf den Sessel presste. „Haltet ihn fest!", befahl Carlos und zwei seiner

Handlanger traten vor, um den zappelnden Mann in Position zu halten. Der Mann kämpfte verzweifelt, seine Schreie wurden jedoch von den umstehenden Leuten ignoriert, die zu verängstigt waren, um einzugreifen. „Bitte, Carlos!", flehte der Mann, Tränen strömten über sein Gesicht. „Ich hab' nichts falsch gemacht! Lass mich gehen!" Doch Carlos grinste nur noch breiter. „Du wirst bleiben und du wirst lernen, deinen Platz zu kennen." Mit einer schnellen Bewegung zog er dem Mann die Hose herunter. Die Frauen im Raum wandten sich ab, entsetzt und verängstigt, doch niemand wagte es, etwas zu sagen. Carlos kniete sich hinter den weinenden Mann und ohne eine Spur von Mitleid oder Zögern, begann er ihn brutal zu vergewaltigen. Die Schreie des Mannes hallten durch den Raum, mischten sich mit dem dumpfen Bass der Musik und den gedämpften Gesprächen der Gäste. Mateo stand am Rand der Szenerie, Tränen liefen ihm über das Gesicht. Er fühlte sich hilflos und beschämt, dass er nichts tun konnte, um den Wahnsinn zu stoppen. In Gedanken war er bei Rosa, bei den schönen Momenten, die sie miteinander geteilt hatten. Er träumte von einem besseren Leben, weit weg von diesem Horror, doch diese Träume schienen in weiter Ferne zu sein. „Hör auf, Carlos!", rief er schließlich, seine Stimme brüchig vor Angst und Verzweiflung. „Das ist nicht richtig!" Carlos drehte sich langsam zu ihm um, seine Augen kalt und leer. „Halt dein Maul, Mateo", zischte er. „Du hast keinen Schimmer, was hier richtig oder falsch ist. Also halt dein verdammtes Maul und schau zu." Da stürmte plötzlich Raul aus seinem Büro, triumphierend und mit zwei Frauen im Arm. „Mein Schwanz funktioniert wieder!", rief er begeistert. Derweil Im Auto herrschte eine beklemmende Stille, durchbrochen nur von Isabels schwerem Atem. Der Drogenrausch, in den sie verfiel, zog sie in einen Strudel aus verzerrten Wahrnehmungen. Ihre Augen flackerten, und die Schatten im Wagen schienen lebendig zu werden, als sich ihre Realität aufzulösen begann. Sie hob zitternd eine Pistole, die sie im Kofferraum gefunden hatte, an ihren Kopf, überzeugt, dass dies der einzige Ausweg sei. Rosa, panisch, versuchte Isabel zu stoppen. „Isa, bitte, lass das! Es gibt Hoffnung!" Doch Isabel hörte sie kaum noch, ihr Lachen wurde hysterisch, ihre Worte wirr. „Wir fliegen...", murmelte sie, während ihre Finger am Abzug zuckten. Rosa schrie verzweifelt und stürzte sich auf Isabel, um die Waffe an sich zu nehmen. Nach einem kurzen Kampf fiel die Pistole zu Boden, und Isabel sackte erschöpft zusammen, ihre Augen leer und glasig. Rosa nahm die Waffe an sich, ihre

Hände zitterten vor Angst. Die Stille im Wagen war erdrückend, doch Rosa klammerte sich an den letzten Funken Hoffnung, entschlossen, nicht aufzugeben, solange sie noch atmeten.

KAPITEL 12 – ZEMENT, BLUT UND STER-NENSTAUB

Die Nacht hatte sich über die Stadt gelegt, und die Sterne funkelten über dem düsteren Industriegebiet. Rosa, Isabel und Beatriz saßen eng beieinander in einem alten, rostigen Auto, das in einem tiefen Erdloch gefangen war. Der Boden um sie herum war frisch mit Zement gefüllt worden, eine tödliche Falle, die von ihrem Zuhälter Raul und seinen Handlangern Mateo und Carlos geschickt arrangiert worden war. Der Zement kroch langsam die Seiten des Autos hoch, und die stickige Luft im Inneren wurde immer unerträglicher. "Ich kann nicht mehr, Rosa. Ich schaffe es nicht. Bitte..." Isabel presste ihre Stirn gegen die Pistole in Rosas Händen. "Mach es für mich." Rosas Hände zitterten stark. Sie drückte die Mündung gegen Isabels Stirn, Tränen liefen unaufhaltsam über ihre Wangen. Die Dunkelheit und Enge des Autos schienen sie zu erdrücken. Doch bevor sie abdrücken konnte, packte Beatriz ihren Arm mit eiserner Entschlossenheit. "Seid ihr verrückt geworden?" schrie Beatriz, ihre Stimme war durchdrungen von verzweifeltem Mut. "Wir dürfen die Hoffnung nicht aufgeben! Wir haben es so weit gebracht. Wir sind aus dem Bordell geflohen, dann schaffen wir es auch aus diesem verdammten Loch!" "Und wie genau, Beatriz?" Rosa drehte sich zu ihr um, ihre Augen funkelten vor Wut. "Wir sitzen hier fest, der Zement wird hart, und keiner weiß, dass wir hier sind. Was sollen wir tun? Einfach warten, bis wir ersticken?" "Ich weiß nicht," schrie Beatriz zurück. "Aber ich weiß, dass wir uns nicht aufgeben dürfen! Rosa, wir müssen kämpfen! Das sind wir uns selbst schuldig!" Beatriz griff entschlossen nach der Hupe und drückte sie mehrmals. Das laute Signal hallte durch die trostlose Nacht, widerhallte zwischen den verlassenen Fabrikgebäuden und rostigen Containern. Rosa und Isabel sahen erschöpft zu, wie Beatriz unermüdlich weiter hupte, in der verzweifelten Hoffnung, dass jemand sie hören und retten würde. Es war inzwischen Morgen und im schummrigen Licht des Clubs wachte Mateo zwischen zwei nackten Frauen auf. Der schwere Duft von billigem Parfüm und Schweiß hing in der Luft, während die Musik immer noch dröhnte und das Flackern der Neonlichter den Raum durchzog. Ein paar Prostituierte tanzten benommen auf der Tanzfläche, ihre Bewegungen waren langsam und mechanisch, als wären sie ferngesteuert. Mateo konnte nicht aufhören, an Rosa zu denken. Die Schuldgefühle fraßen ihn von innen auf, und der widerliche Geschmack der letzten Nacht klebte an seinem Gaumen. Er zog nur seine Stiefel an und ging nackt und traurig durch den Club, während die heißen Strahlen der Mittagssonne auf seinen nackten Körper prallten. "Was zur Hölle mache ich hier?" murmelte er und fuhr sich durch das verschwitzte Haar. "Ich brauche Hilfe." Die Straßen waren leer und heiß, der Asphalt flimmerte in der Hitze. Die vorbeiziehenden Wolken schienen wie stumme Zeugen seiner Verzweiflung. Er beschloss, Rat bei seiner Psychologin Imelda zu suchen. In ihrer kühlen, ordentlich eingerichteten Praxis erklärte er ihr, dass er ihrem Rat gefolgt sei und die Frau habe gehen lassen, um den Frieden in der Familie zu wahren. Doch Imelda wusste nicht, dass Mateo für einen Zuhälter arbeitete und die Frau, die er liebte, eine Prostituierte war. "Mateo, du musst von den Drogen runterkommen und zu dir selbst finden," riet Imelda ihm mit sanfter Stimme, während sie ihm tief in die Augen sah. "Nur so wirst du Klarheit finden." Mateo hielt es nicht mehr aus. Die Schuldgefühle überwältigten ihn, und er fuhr mit zitternden Händen nicht zurück zum Club sondern zur Zementgrube, in der die Frauen immer noch um ihr Leben kämpften. Er zögerte nicht lange und durchbrach mit einem Abbruchhammer die harte Zementschicht, der Lärm des Hammers durchdrang die Stille der verlassenen Gegend. Er durchdrang den Zement bis zur Windschutzscheibe des Trucks und trat die Scheibe mit voller Wucht ein. Schließlich zog er die bewusstlosen Frauen aus dem Auto, ihre Gesichter blass und schmutzig. Nach einiger Zeit kamen sie wieder zu sich. "Danke, Mateo," flüsterte Beatriz erschöpft, ihre Augen glänzten vor Erleichterung und Dankbarkeit. "Warum hast du das getan?" fragte Rosa leise, ihre Stimme klang verwirrt und misstrauisch. "Weil ich es musste," antwortete Mateo und sah Rosa tief in die Augen. "Weil ich dich liebe und ich es nicht ertragen könnte, dich zu verlieren." Währenddessen in einem kleinen, ordentlich eingerichteten Raum im Bordell wünschte Carlos seiner Mutter einen guten Morgen. Die Sonne schien durch die Fenster und warf warme Lichtflecken auf den Teppichboden. Seine Mutter, eine zierliche Frau mit grauem Haar, die Alzheimer hatte, sah ihn mit einem fragenden Blick an. "Carlos, bist du schwul?" fragte sie direkt, ihre Stimme war voller Sorge und Unsicherheit. "Ich habe gesehen, was du dem Mann auf der Party angetan hast." Carlos lachte nervös und schüttelte den Kopf. "Das war nur Spaß, Mama," erwiderte er kühl. "Ich verspreche dir, bald werde ich eine Freundin haben, und wir werden ein neues Leben anfangen. Und du wirst mich zum Altar führen." Seine Mutter nickte langsam, doch der Zweifel blieb in ihren Augen stehen. "Carlos, ich will nur, dass du glücklich bist. Du weißt, dass du mit mir über alles reden kannst, oder?" "Ja, Mama, ich weiß," sagte Carlos und umarmte sie. "Mach dir keine Sorgen. Alles wird gut." Zur gleichen Zeit stolperte Raul aus einem Taxi, seine Augen waren glasig und seine Schritte unsicher. Er kotzte in einen Busch, der vor seinem gepflegten Einfamilienhaus stand. Noch immer zugedröhnt von Drogen und Alkohol, taumelte er in den Garten, wo seine zwei kleinen Töchter spielten. Mit einem lallenden "Hier kommt das Krümelmonster!" stopfte er sich drei Kekse in den Mund, die er auf einem Teller auf dem Gartentisch fand. Die Kinder sahen ihn verstört und verwirrt an, ihre Augen weit aufgerissen vor Schreck. Er kotzte erneut, und das Kindermädchen, eine junge Frau mit besorgtem Gesichtsausdruck, fragte vorsichtig: "Geht es Ihnen gut, Señor?" "Mir geht's gut," murmelte Raul vom Boden aus, seine Stimme klang hohl und gebrochen. "Ich habe die Liebe meines Lebens verloren." "Was meinen Sie?" fragte das Kindermädchen behutsam, während sie ihm half, sich aufzusetzen. "Rosa," stammelte er, Tränen mischten sich mit dem Schmutz auf seinem Gesicht. "Ich liebe sie, aber ich habe sie verloren. Alles wegen diesem verdammten Leben, das ich führe." Das Kindermädchen wusste nicht, was sie darauf antworten sollte. Sie sah ihn nur mitleidig an und half ihm auf die Beine. Am anderen Ende der Stadt brachte Mateo derweil die drei Frauen in ein heruntergekommenes Stundenhotel. Die Fassade des Hotels war schäbig und abblätternd, und der Empfangsbereich roch nach billigem

Desinfektionsmittel. Mateo gab vor, seinen Junggesellenabschied zu feiern, doch der Hotelbesitzer sah ihn skeptisch an. Schließlich gab er ihnen dennoch ein Zimmer. Im tristen, engen Badezimmer ließen Isabel und Beatriz ein Bad ein. Der Duft von Seife und heißem Wasser erfüllte den kleinen Raum. Mateo stand mit Rosa auf dem Flur, die Neonlichter des Flurs warfen scharfe Schatten auf ihre Gesichter. "Rosa, komm mit mir," bat er eindringlich. "Mein Bruder Carlos und ich wollen mit unserer Mutter nach Namibia. Ein neues Leben beginnen." Rosa lachte bitter, ihre Augen funkelten vor Trotz. Sie warf sich eine Pille ein und ließ sich gegen die Wand sinken. "Ein Junkie und ihr Zuhälter als Paar? Klingt nach einem Märchen." Mateos Gesicht wurde vor Ärger rot. "Werde clean, Rosa. Hör auf, dein Leben zu ruinieren." Er gab ihr 300 Euro, die Scheine raschelten in der stillen Luft des Flurs. "Denk darüber nach." Im Badezimmer stießen Rosa, Isabel und Beatriz auf ein neues Leben an, das heiße Wasser linderte ihre Erschöpfung. Doch Rosa war enttäuscht. "Wir haben den Kampf gegen Raul verloren." "Vielleicht nicht ganz," sagte sie plötzlich entschlossen. "Wir werden seinen Geldtransporter ausrauben." Isabel und Beatriz sahen sie zuerst geschockt an, doch dann stimmten sie zu. Sie wollten es Raul heimzahlen. Zur gleichen Zeit im Club wurde die Mutter von Mateo und Carlos abgeholt. Carlos war überrascht und wütend. Der Club war dunkel, und die verbliebenen Lichter warfen flackernde Schatten. "Wo bringt ihr meine Mutter hin?" schrie er, seine Stimme hallte in der kühlen Luft wider. Doch Tomas, Rauls muskelbepackter Bodyguard, sagte nichts und verprügelte ihn nur brutal. Mateo, der vom Vorfall erfuhr, stürmte in Rauls Büro. Die Wände waren mit teurem Holz verkleidet, und das Licht war gedämpft. "Was habt ihr mit unserer Mutter gemacht?" brüllte er, seine Stimme bebte vor Wut. Raul hob kaum den Blick von den Papieren auf seinem Schreibtisch, als wäre Mateo nichts weiter als eine lästige Fliege. "Wir haben sie in ein schönes Heim gebracht," antwortete er kühl. "Ihr könnt mich jetzt nicht im Stich lassen, jetzt, wo es gerade nicht gut läuft. Ihr seid meine Familie, und man lässt seine Familie nicht im Stich." Mateos Augen funkelten vor Wut und Entschlossenheit. "Wir sind nicht deine Familie, Raul. Wir sind deine Gefangenen. Aber nicht mehr lange." Raul lachte kalt, seine Augen blitzten gefährlich. "Pass auf, was du sagst, Mateo. Du weißt, was passiert, wenn man mich verrät." Mateo trat näher an den Schreibtisch, seine Stimme war jetzt ein gefährliches Flüstern. "Wir werden sehen, wer hier wirklich die Kontrolle hat,

Raul." Raul lehnte sich in seinem Stuhl zurück und verschränkte die Hände hinter dem Kopf. "Denkst du wirklich, du kannst mich herausfordern und damit durchkommen?" Sein Lächeln war scharf und ohne jede Wärme. "Ich habe dich von der Straße geholt, dir alles gegeben. Und so dankst du es mir?" Mateos Augen wurden weicher, aber auch entschlossener. "Ja, du hast uns geholfen. Du warst wie ein Vater für mich und Carlos. Dafür bin ich dir dankbar, mehr als Worte ausdrücken können. Aber das hier," er machte eine ausladende Geste, "das geht zu weit. Meine Mutter zu entführen, das ist unverzeihlich." Raul schlug mit der Faust auf den Tisch, dass die Papiere darauf auseinanderflogen. "Du und dein Bruder, ihr wart wie Söhne für mich! Ich habe euch aufgezogen, euch beschützt! Und das ist der Dank? Verrat?" "Beschützt?" Mateo lachte bitter. "Du hast uns als Werkzeuge benutzt, um deine schmutzigen Geschäfte zu erledigen. Wir waren nie etwas anderes als Bauern in deinem Spiel." Raul erhob sich langsam, sein Blick war nun kalt und bedrohlich. "Du weißt nicht, mit wem du dich anlegst, Mateo. Ich habe Verbindungen, die du dir nicht einmal vorstellen kannst. Ein Wort von mir, und du und dein Bruder verschwinden spurlos." Mateo trat näher, ihre Gesichter waren nur wenige Zentimeter voneinander entfernt. "Und wenn du glaubst, dass wir das einfach so hinnehmen werden, dann kennst du uns schlecht. Wir haben nichts mehr zu verlieren, Raul. Gar nichts." Raul kniff die Augen zusammen, studierte Mateos Gesicht. "Du wirst es bereuen. Du und dein Bruder, ihr habt euch selbst das Todesurteil unterschrieben." "Wir fürchten den Tod nicht mehr," sagte Mateo leise. "Aber du solltest anfangen, dich zu fürchten. Deine Macht ist nicht unendlich, und deine Zeit läuft ab." Raul trat einen Schritt zurück, seine Fassade begann zu bröckeln. "Was wirst du tun? Glaubst du wirklich, du kannst gegen mich gewinnen?" Mateo atmete tief durch, seine Stimme war nun fest und entschlossen. "Ich werde alles tun, um meine Familie zu schützen. Und wenn das bedeutet, dich zu stürzen, dann sei es so." Raul sah ihm direkt in die Augen, seine Hände ballten sich zu Fäusten. "Das ist dein letztes Wort, Mateo? Bist du dir sicher, dass du diesen Weg gehen willst?" Mateo nickte langsam. "Ja, das ist mein letztes Wort. Und ich werde kämpfen, bis zum letzten Atemzug." Raul starrte ihn einen Moment lang an, dann nickte er langsam, ein gefährliches Lächeln spielte um seine Lippen. "Dann sei es so. Aber vergiss nicht, Mateo, ich habe immer noch das letzte Wort." Mit diesen Worten drehte sich Mateo um und verließ das Büro, seine Schritte hallten durch den Flur. Die Dunkelheit schien ihn zu verschlingen, doch in seinem Inneren brannte ein Feuer, das nichts und niemand löschen konnte. Er wusste, dass der Kampf gerade erst begonnen hatte.

KAPITEL 13 – MACHTSPIELE UND BLUT-BANDE

Im düsteren Halbdunkel des Hotelzimmers schimmerte das fahle Licht durch die schmutzigen Vorhänge. Das Zimmer roch nach abgestandenem Rauch und billigem Parfüm, und die Bettwäsche war zerknittert und fleckig. Rosa, Isabel und Beatriz saßen auf dem Bett, ihre Gesichter im flackernden Schein einer schadhaften Lampe erleuchtet. Ihre Stimmen waren gedämpft, als sie ihre Pläne schmiedeten. Rosa brach das Schweigen, ihre Stimme zitterte leicht vor Anspannung. „Ich erinnere mich noch genau an den Morgen, als Mateo mich um sechs Uhr früh abholte", begann sie, ihre Augen blitzten vor unterdrückter Wut. „Er fuhr mich zu diesem schäbigen Junggesellenabschied, wo ich strippen sollte." Isabel lehnte sich zurück und zog an ihrer Zigarette. „Und warum sollte uns das jetzt helfen?", fragte sie und blies den Rauch in Richtung der Decke. „Weil er mir nach dem Job etwas Interessantes erzählt hat", erklärte Rosa und hob den Kopf, als wolle sie ihren Worten mehr Gewicht verleihen. „Nach dem Strippen gingen wir surfen. Die Wellen waren hoch, die Sonne ging gerade auf, und es fühlte sich an, als wären wir die einzigen Menschen auf der Welt. Mateo war entspannt, offen. Da erzählte er mir, dass er die Fähre nach Madeira erwischen müsse. Ich bin mir sicher, dass sie dort ihre Geldwäsche machen." Beatriz zog skeptisch die Augenbrauen zusammen. „Und das bringt uns wie genau weiter? Wir haben nur eine Pistole mit einer Kugel. Das reicht nicht, um einen Geldtransporter zu überfallen." „Doch, das reicht", sagte Rosa bestimmt und entschlossen. „Wir schießen einmal in die Windschutzscheibe und sie werden schon eingeschüchtert genug sein, um zu tun, was wir wollen." Beatriz schnaubte verächtlich. „Unsere Stimmen sind nicht furchteinflößend genug. Die werden uns auslachen." Isabel lächelte verschlagen, während sie die Zigarette ausdrückte. „Dann brauchen wir jemanden, der für uns den Job übernimmt. Jemanden, der einschüchternd genug ist." Beatriz schüttelte den Kopf. „Und wen? Wen willst du holen, der für uns den Kopf hinhält?" Isabel beugte sich vor, ihre Augen funkelten gefährlich. „Ich kenne da jemanden. Felipe. Der Mistkerl, schuldet mir mehr als das." Felipe war der Typ, der sie auf dem Klo missbraucht hatte. Isabel wusste, wie furchteinflößend er sein kann und sie hatte noch eine Rechnung mit ihm Offen.

Am nächsten Tag fuhren die drei schließlich zu einem Eisenwarengeschäft, indem der Mann arbeiten sollte. Der alte Laden stand in einer heruntergekommenen Gasse, umgeben von verlassenen Häusern und Müllbergen. Der Lack an der Tür blätterte ab und das Schild über der Tür war so verblasst, dass man den Namen kaum noch lesen konnte. Isabel führte die anderen hinein. Die Glocke über der Tür klirrte laut, als sie eintraten. Eine alte Frau hinter dem Tresen sah auf, ihre Augen müde und misstrauisch. „Guten Tag", sagte Isabel freundlich und lächelte, doch ihre Augen blieben kalt. Felipe kam aus dem Hinterzimmer. Als er die drei Frauen sah, erstarrte er, seine Augen weiteten sich vor Schreck. „Was wollt ihr hier?", fragte er mit zitternder Stimme und wich einen Schritt zurück. „Wir wollten dich auf einen Kaffee einladen", sagte Isabel süßlich, ihr Lächeln wurde breiter. „Nach all den Drinks, die du uns gestern ausgegeben hast." „Ich... ich habe keine Zeit", stotterte Felipe und warf seiner Mutter einen hilfesuchenden Blick zu. Seine Mutter, eine gebeugte Gestalt mit grauen Haaren, sah von ihrem Strickzeug auf. „Geh ruhig, ich kann den Laden kurz allein führen." Draußen angekommen, führte Isabel die Gruppe zu einem alten, rostigen Auto. Die Straßen waren menschenleer, das einzige Geräusch war das entfernte Hupen eines Autos. Isabel zog die Pistole aus ihrer Tasche und drückte sie Felipe in die Seite. „Steig ein", zischte sie und ihre Augen funkelten vor Zorn. Felipe gehorchte, seine Hände zitterten, als er das Lenkrad umklammerte. „Was wollt ihr von mir?" „Das wirst du schon sehen", sagte Isabel kalt. „Fahr einfach." Sie fuhren zu einem abgelegenen Waldstück, wo die Bäume dicht und die Schatten lang waren. Der Boden war feucht und der Duft von Moos und feuchter Erde hing in der Luft. In der Mitte einer kleinen Lichtung gähnte ein frisches Loch im Boden. Isabel stieg aus und befahl Felipe, ihr zu folgen. „Rein da", sagte sie kalt und deutete auf das Loch. „Bitte, nicht", flehte Felipe, zitternd und blass. „Ich tue alles, was ihr wollt." Isabels Augen funkelten vor Wut. „Alles, was wir wollen? Das hättest du dir früher überlegen sollen. Rein da!" Felipe zögerte, seine Augen suchten verzweifelt nach einem Ausweg. „Ich... ich habe Familie. Bitte..." „Halt die Klappe und steig rein!", schrie Isabel und ihre Hand zitterte, als sie die Pistole auf ihn richtete. In dem Moment kam ihr die Erinnerung an die Nacht wieder. Die Nacht, in der dieser schmierige Kerl sich über sie hermachte. Ohne nachzudenken, drückte sie ab. Der Schuss durchbrach die Stille des Waldes und Felipe schrie auf, fiel ins Loch. „Gott, Isabel!", schrie Beatriz entsetzt. „Was hast du getan?" Isabel ließ die Waffe sinken, ihre Hände zitterten. „Ich... es tut mir leid.", murmelte sie, während die Pistole ihr aus der Hand fiel. Rosa packte Isabel an den Schultern. „Wir müssen hier weg. Sofort!" Zur gleichen Zeit holte Mateo seinen Bruder Carlos aus dem Krankenhaus ab. Das Gebäude war ein grauer Betonklotz, anonym und unfreundlich, mit gesprungenen Fensterscheiben und einer defekten Neonreklame über dem Eingang. Carlos war brutal zusammengeschlagen worden, weil er sich gewehrt hatte, als Rauls Männer ihre Mutter mitgenommen hatten. Im Auto sprach Carlos kein Wort, starrte nur apathisch aus dem Fenster. Die Straßen waren nass vom Regen, und die Lichter der Stadt spiegelten sich in den Pfützen. „Was ist los mit dir?", fragte Mateo immer wieder, während sie durch die verregneten Straßen fuhren, aber Carlos schüttelte nur den Kopf, seine Augen leer und ausdruckslos. Carlos erinnerte sich an einen Vorfall auf der Dachterrasse des Bordells. Es war ein heißer Sommertag gewesen, und die Luft war schwer von Schweiß und Parfüm. Carlos hatte in einem der BHs, die zum Trocknen hingen, Polster entdeckt und wütend gefragt, wem der BH gehörte. Keine der Frauen hatte es zugegeben. Er hatte sie in eine Reihe gestellt und ihre Brüste kontrolliert, bis er eine Frau mit kleinen Brüsten gefunden und sie zu Raul gebracht hatte. Im gedämpften Licht seines Büros thronte Raul wie ein König auf seinem schweren Ledersessel. Die Frau mit den kleinen Brüsten, nervös und verlegen, stand vor ihm, während er sie eindringlich betrachtete. Der Raum roch nach teurem Zigarrenrauch und frischem Leder, und die Klimaanlage summte leise in der Stille. Raul ließ seinen Blick über sie gleiten, seine Augen bewerteten jede Kurve, jede Linie ihres Körpers. "Nun, nun, meine Liebe", begann er schließlich mit einer rauchigen Stimme, die eine Mischung aus Bewunderung und kalter Berechnung verriet. "Du verstehst sicherlich, dass dies ein Geschäft ist. Die Männer, die zu mir kommen, haben gewisse Erwartungen." Die Frau senkte den Blick, ihre Hände zitterten leicht. "Es tut mir leid, Señor", murmelte sie leise. "Ich dachte..." Raul unterbrach sie mit einem sanften, aber bestimmten Ton. "Du dachtest falsch, mein Schatz. Ich weiß, dass du neu hier bist, aber wir können uns keine Fehler erlauben." Sein Gesichtsausdruck blieb unverändert, aber in seinen Augen glomm eine unterschwellige Gefahr. Die Frau schluckte schwer, spürte den Druck seiner Erwartungen auf sich lasten. "Was soll ich tun?", fragte sie schließlich leise. Raul lehnte sich zurück und verschränkte die Finger vor seinem Gesicht. Ein schmales Lächeln spielte um seine Lippen. "Du wirst die einer OP unterziehen", verkündete er ruhig. Ein Hauch von Panik huschte über ihr Gesicht. "OP?!", wiederholte sie, als ob sie sicher sein wollte, dass sie richtig gehört hatte. Raul nickte langsam. "Du wirst Brustimplantate bekommen. Die Besten, die man mit Geld kaufen kann." Er stand auf und trat näher an sie heran, seine Gestalt groß und imposant. "Dann, meine Liebe, wirst du deine Schulden bei mir abarbeiten. Verstehst du?" Die Frau nickte stumm, unfähig, etwas zu erwidern. Sie spürte den Blick seines strengen Urteils auf sich ruhen und wusste, dass sie keine Wahl hatte. Raul wandte sich ab und ging zu einem Schreibtisch, auf dem eine Mappe lag. Er blätterte darin und zog schließlich ein paar Bilder heraus, die er der Frau zeigte. "Hier sind die Optionen", sagte er, während er die Bilder der verschiedenen Brustimplantate betrachtete. "Wähle weise. Sie werden dein Kapital sein." Die Frau sah auf die Bilder, unfähig, ihren Blick von den perfekten Kurven abzuwenden, die sie bald auf ihrem eigenen Körper haben würde. Ihr Herz schlug wild in ihrer Brust, während sie erkannte, dass sie keine Rückendeckung hatte. Schließlich nickte sie, und ihre Stimme war kaum mehr als ein Flüstern. "Ich werde es tun." Raul lächelte zufrieden und legte die Bilder zurück in die Mappe. "Sehr gut, meine Liebe. Die Operation ist für heute Nachmittag geplant. Sei pünktlich." Die Frau verließ das Büro mit schweren Schritten, ihr Kopf voll von Gedanken an Schmerzen und Veränderung. Sie konnte das Gewicht seines Urteils immer noch spüren, als sie den Raum verließ und sich auf den Weg zum nächsten Kapitel in ihrem Leben begab, das von Raul geschrieben wurde. Raul wendete sich zu Mateo und Carlos und sagte: "Ich bestimme hier immer noch wer hier wann und wie lange arbeitet und wen er aufnimmt und wen er gehen lässt." Diese Worte von Raul schwirrten Carlos die ganze Zeit im Kopf herum und ließen ihn glauben, dass er keine Chance auf ein besseres Leben hatte. Mateo beschloss mit seinem Bruder zu seiner Therapeutin Imelda zu fahren, um herauszufinden, was mit seinem Bruder nicht stimmte. Er vermutete eine posttraumatische Belastungsstörung. Ihr Büro lag in einem alten Gebäude, das von Efeu überwuchert war. Der Warteraum war mit abgenutzten Sesseln und kitschigen Landschaftsgemälden ausgestattet. Mateo log die Therapeutin an und sagte, sie seien Chauffeure. Doch plötzlich brach Carlos sein Schweigen. „Was für eine gequirlte Scheiße erzählst du da?", fragte er seinen Bruder. „Wir sind Killer! Wir lösen Menschen in Säure auf oder betonieren sie ein." Die Therapeutin, eine Frau mittleren Alters mit kurzen, grauen Haaren und ernsten Augen, war sichtlich schockiert. „Was... was sagen Sie da? Das ist nicht wahr, oder?" Ihre Stimme bebte vor Entsetzen. Mateo zerrte seinen Bruder nach draußen und schlug ihn zu Boden. „Bist du wahnsinnig geworden?", fauchte er. „Sie wird die Polizei rufen!" Carlos lag am Boden, seine Augen starrten in die Ferne. „Vielleicht will ich das ja. Vielleicht will ich, dass es endlich vorbei ist." „Du verstehst nicht", knurrte Mateo, während er seinen Bruder auf die Beine zog. „Wir haben keine Wahl. Wir müssen weitermachen." Carlos stürmte plötzlich zurück ins Gebäude. Mateo hörte drei Schüsse, die durch die Stille des Nachmittags hallten. Er hatte Imelda erschossen. Dann kam Carlos wieder heraus, seine Augen kalt und entschlossen. Mateo starrte ihn an, das Blut rauschte in seinen Ohren. Die Welt um ihn herum schien zu verschwimmen.

KAPITEL 14 – BLUTIGE GEHEIMNISSE

Die Nacht war drückend heiß, und die engen Gassen der Stadt schienen vor Schwüle zu pulsieren. Neonlichter tauchten die Straßen in ein grelles, flackerndes Licht, während das schäbige Stundenhotel am Rand der Stadt in einem fahlen Schein ertrank. Rosa, Isabel und Beatriz schleppten den verletzten Felipe die Stufen hinauf. Er hatte Glück. Die Kugel traf nur seine Hand. Jede Bewegung schien von den Wänden widerzuhallen, und der süßlich-faulige Geruch des verfallenen Gebäudes hing in der Luft. "Verdammt, Isa, was hast du dir dabei gedacht?" Rosas Stimme hallte durch den schmalen Korridor, als sie Felipe ins Zimmer zerrten. Seine Hand war notdürftig mit einem blutdurchtränkten Tuch verbunden, und sein Gesicht war vor Schmerz verzerrt. Sie warfen ihn in die schmutzige Badewanne, die längst ihre ursprüngliche Farbe verloren hatte und nun eine gelbliche Patina aufwies. "Ich dachte, er würde nach meiner Waffe greifen! Es war Notwehr!" Isabels Stimme zitterte, während sie hektisch den improvisierten Knebel aus einem alten Handtuch um Felipes Mund band. Ihre Hände bebten, als sie den Knoten festzog und die Panik in ihren Augen sichtbar wurde. "Notwehr?! Das war unsere einzige Kugel, du Idiotin!" Beatriz schnaubte vor Wut und riss ein Kabel von einer alten Lampe ab, das sie gefunden hatte, um Felipes Beine zu fesseln. Ihre Bewegungen waren energisch und voller Zorn. "Wir brauchen ihn für den Überfall. Mit einer kaputten Hand ist er nutzlos." "Es tut mir leid, okay?" Isabel wich den stechenden Blicken ihrer Freundinnen aus und trat einen Schritt zurück. Das Zimmer war eng und stickig, und die schwache Glühbirne an der Decke warf düstere Schatten an die Wände. Beatriz richtete sich auf und wischte sich den Schweiß von der Stirn. "Ich kenne jemanden, der uns helfen kann. Ein Militäroffizier aus dem Club. Er hat mir erzählt, dass er mit all seinen Waffen begraben werden möchte. Er war schon damals alt und unheilbar krank. Er sollte inzwischen tot sein." Rosa hob eine Augenbraue und sah Beatriz skeptisch an. "Und du denkst, wir könnten einfach zu seinem Grab gehen und die Waffen holen?" "Genau das denke ich", sagte Beatriz entschlossen, ihre Augen funkelten vor

Entschlossenheit. "Rosa und ich fahren zum Friedhof und gucken, ob er dort liegt. Isabel, du bleibst hier und passt auf unseren verletzten Freund auf." Isabel nickte zögerlich. "Okay, aber beeilt euch." Kaum hatten Rosa und Beatriz das Zimmer verlassen, klopfte es an der Tür. Isabel öffnete und fand den Hotelbesitzer vor, einen untersetzten Mann mit speckigen Händen und einem unheimlichen Lächeln. "Hier, frische Handtücher, Chips und Wasser", sagte er ungewöhnlich freundlich und reichte ihr die Sachen. "Vielen Dank, sehr freundlich", sagte Isabel und nahm die Sachen entgegen. Sie dachte sich nichts dabei und ging zurück ins Badezimmer. Der enge Raum war stickig, und die Luft war schwer von einem muffigen Geruch. "Zeit für einen Snack", sagte sie und löste Felipes Mundknebel. Felipe kaute die Chips hastig, während seine Augen hektisch durch das kleine, spärlich eingerichtete Zimmer wanderten. Plötzlich klingelte sein Handy. Seine Mutter rief an, und seine Augen weiteten sich vor Panik. "Wenn ich nicht rangehe, ruft sie die Polizei", sagte er mit flehenden Augen. Isabel überlegte kurz, dann reichte sie ihm das Telefon. "Mach schnell." Felipe sprach beruhigend auf seine Mutter ein, während Isabel ihn argwöhnisch beobachtete. "Alles gut, Mama. Ich bin immer noch mit den drei Frauen unterwegs. Jetzt gerade bin ich mit einer allein." Seine Mutter klang erfreut. "Ich freue mich für dich, mein Junge. Kann ich mit ihr sprechen?" Felipe reichte das Telefon weiter. Isabel nahm es widerwillig. "Hallo?" "Du musst am Sonntag zu uns kommen und Paella essen", sagte die Stimme am anderen Ende fröhlich. "Äh, ja, danke", sagte Isabel und legte auf. Sie wandte sich Felipe zu, ihre Augen funkelten vor Zorn. "Du hast kein Recht, uns so zu behandeln, nur weil du schlecht mit Frauen umgehen kannst." Felipe senkte den Blick und murmelte leise, als ob er eine Last von seiner Seele reden wollte. "Ich... ich habe nie gewollt, dass es so endet. Als du mich so angewidert angesehen hast, bin ich ausgetickt." Isabel kämpfte mit den Tränen und setzte sich auf das knarrende Bett. Die Matratze gab unter ihrem Gewicht nach, und der muffige Geruch verstärkte sich. Plötzlich wurde ihr schwindelig. Sie fühlte, wie die Welt um sie herum verschwamm, und fiel ohnmächtig ins Bett. Der Hotelbesitzer betrat das Zimmer, als hätte er nur auf diesen Moment gewartet. Er beugte sich über Isabel und strich ihr sanft übers Haar. Seine Berührung war unheimlich zärtlich, doch in seinen Augen lag etwas Bedrohliches. Währenddessen erreichten Rosa und Beatriz das abgelegene Grab des Militäroffiziers. Der Friedhof war von hohen, dunklen

Bäumen umgeben, deren Äste sich im Wind wiegten und gespenstische Schatten warfen. Sie durchsuchten das Grab und fanden schließlich den doppelten Boden. Darunter verbarg sich eine beeindruckende Sammlung von Messern über Pistolen bis hin zu Sturmgewehren. "Damit sollten wir uns gut zur Wehr setzen können", sagte Rosa begeistert und hob eine schwere Waffe hoch. Die Dunkelheit des Friedhofs verlieh der Szene eine unheimliche Atmosphäre, doch die beiden Frauen waren voller Tatendrang. Zur gleichen Zeit saß Raul mit seinen Handlangern Mateo und Carlos in einem dunklen, verrauchten Raum. "Ich weiß, ihr wollt aussteigen", sagte er ruhig, während er eine Zigarette drehte. "Aber ihr gehört zu mir. Wir sind Familie." Carlos trat vor, seine Stimme bebte vor Emotionen. "Mateo ist mein Bruder. Du bist nur unser Boss." Rauls Augen verengten sich und ein gefährliches Lächeln spielte um seine Lippen. "Familie verrät man nicht." Raul bat die beiden Brüder, ihm zu folgen. Sie fuhren schweigend durch die Nacht, der Wagen rumpelte über die holprigen Straßen. Die Landschaft wurde immer einsamer, bis sie unter einer alten Reklametafel für ein Steak Restaurant hielten, das am Rande einer tiefen Schlucht lag. "Dort unten liegt euer Vater begraben", erklärte Raul mit einer seltsamen Mischung aus Stolz und Bedauern. "Ich habe mich vor zwanzig Jahren darum gekümmert." Mateos Gesicht war aschfahl. Er war zum ersten Mal seit Jahren an diesen Ort zurückgekehrt. Er umarmte Carlos, als dieser seinen Tränen freien Lauf ließ. Endlich wusste er, was sie mit seinem Vater gemacht hatten. Auf dem Heimweg sprach Carlos leise. "Vielleicht sollten wir noch eine Weile für Raul arbeiten." Mateo schüttelte entschlossen den Kopf. "Nein, wir holen uns Rauls Geldtransporter und verschwinden." Carlos schaute seinen Bruder überrascht an. Die Nacht war voller Geheimnisse und Pläne und während die ersten Sonnenstrahlen den Horizont färbten, bewegten sich alle Beteiligten auf einen unausweichlichen Höhepunkt zu.

KAPITEL 15 – DIE NACHT, DIE NIE EN-DEN WOLLTE

Der Regen trommelte leise gegen die Fenster des kleinen, herunterge-kommenen Hotelzimmers. Das schwache Licht der Straßenlaternen drang durch die schmutzigen Gardinen und warf gespenstische Schatten an die Wände. Eine düstere Stille lag in der Luft, durchbrochen nur vom leisen Atem der bewusstlosen Isabel, die wie eine Puppe auf dem Bett lag.

Der Hotelbesitzer, ein Mann mit schmierigen Haaren und einem kalten, berechnenden Blick, kniete über ihr und ließ seine Finger langsam über ihre Tattoos gleiten. Mit einer Hand hob er ihr Kleid, enthüllte ihre glatte Haut und ließ seine Finger über ihr Höschen gleiten. Im Badezimmer lag Felipe, gefesselt und blutend in der Wanne. Die kühle Keramik presste sich unangenehm gegen seinen Rücken, und das leise Tropfen des Was-serhahns verstärkte seine Qual. Seine Augen verengten sich vor Abscheu und Angst, als er durch den Türspalt alles beobachten konnte. Sein Herz schlug wild in seiner Brust, während er verzweifelt versuchte, den Blick abzuwenden und vorsichtig die Tür zu schließen. Doch dabei stieß er einen Rasierer vom Rand der Wanne, der mit einem lauten Klirren auf den Boden fiel. Der Hotelbesitzer erstarrte und drehte sich blitzschnell um. "Was zur Hölle...?" murmelte er, bevor er aufsprang und ins Badezimmer stürzte. Seine Augen weiteten sich vor Schock, als er den blutigen, gefes-selten Mann in der Wanne sah. "Wer bist du?" fauchte er, seine Stimme ein bedrohliches Flüstern. Felipe schluckte schwer, sein Herz hämmerte in seiner Brust. "Ich... ich wurde von den Frauen entführt. Bitte, binden Sie mich los. Ich habe nichts gesehen und werde nichts sagen." Der Ho-telbesitzer schien zu überlegen, seine Augen verengten sich misstrauisch. "Und warum sollte ich dir glauben?" Felipes Panik stieg. "Bitte! Ich will nur hier raus. Ich werde niemandem etwas sagen, ich schwöre es!" Plötz-lich schrie Felipe laut um Hilfe. Der Hotelbesitzer reagierte instinktiv, schnappte sich den Duschvorhang und wickelte ihn um Felipes Kopf, um den Schrei zu ersticken. In seiner Verzweiflung rammte Felipe dem Mann sein Knie ins Gesicht. Der Hotelbesitzer strauchelte, rutschte auf dem

Rasierer aus und fiel mit dem Hinterkopf auf die Kante des Waschbeckens. Ein dumpfer Schlag und alles war still. Der Hotelbesitzer lag reglos auf dem Boden. Blut sickerte langsam aus einer Wunde an seinem Hinterkopf und vermischte sich mit dem Wasser, das auf den Fliesen verteilt war. Felipe keuchte, seine Augen weit vor Schock und Erleichterung zugleich. Die Enge des Badezimmers, der Geruch von Blut und Schweiß, die kalten Fliesen – alles schien ihn plötzlich zu erdrücken. Nach einer halben Stunde kam Isabel zu sich. Ihr Kopf dröhnte, und sie fühlte sich benommen. Ihr Blick fiel sofort auf die Szene im Badezimmer. "Was... was ist hier passiert?!" stammelte sie entsetzt, ihre Stimme kaum mehr als ein Flüstern. Felipe, der neben der Leiche saß und versuchte, sich zu beruhigen, blickte auf. "Er hat dir etwas ins Wasser gemischt und wollte dich vergewaltigen. Dann hat er mich entdeckt und... es war ein Unfall." Isabels Gesicht verzog sich vor Abscheu, als sie realisierte, was geschehen war. "Was hat er mit mir gemacht?" fragte sie, ihre Stimme zitterte vor Ekel und Angst. Felipe zögerte, seine Stimme war kaum hörbar. "Er... er hat deine Tattoos gestreichelt und seine Spucke auf deinen Lippen verrieben." Isabel sprang zum Waschbecken, das im Halbdunkel des Raumes kaum zu sehen war, und wusch sich den Mund, als könnte sie die Schändlichkeit wegspülen. Der widerliche Geschmack der fremden Spucke schien sich in ihrem Bewusstsein festzusetzen, und sie schrubbte verzweifelt, bis ihre Lippen brannten. In diesem Moment betraten Rosa und Beatriz das Zimmer, schwer bepackt mit Waffen und Ausrüstung von einer Kartbahn. Die Luft war erfüllt von der Spannung und Dringlichkeit ihrer Mission. Als Rosa die Leiche im Badezimmer erblickte, stieß sie einen erstickten Laut aus. "Was ist hier passiert?" fragte sie, ihre Stimme überschlug sich fast. Isabel erklärte alles in kurzen, abgehackten Sätzen, und Beatriz schüttelte den Kopf, schockiert, aber ohne Bedauern um den Hotelbesitzer. Die Härte des Lebens hatte sie abgestumpft gegen solche Schreckensbilder. Zur gleichen Zeit bereiteten Mateo und Carlos den Geldtransporter vor, um die Einnahmen aus Rauls anderen Clubs einzusammeln. Der Parkplatz hinter dem Club war düster und verlassen, das einzige Licht kam von einer flackernden Lampe über dem Eingang. Sie instruieren zwei weitere Mitarbeiter, die nervös und schweigsam waren: "Ihr zählt das Geld, und dann zählen wir noch mal nach. Kein Spielraum für Fehler," sagte Mateo mit grimmiger Entschlossenheit. Carlos zweifelte an ihrem Plan, seine Stirn in Falten gelegt. "Bist du dir sicher, dass das klappt? Raul wird uns jagen." Mateos Augen funkelten entschlossen. "Alles ist besser, als weiter für Raul zu arbeiten. Er hat unsere Mutter entführt, Carlos. Wir müssen das tun." Zur selben Zeit zogen sich die Frauen in einem verlassenen Lagerraum in ihre Kartbahn-Anzüge. Die Atmosphäre war geladen mit Spannung und Angst. "Wir benutzen nur die Nummern auf unseren Anzügen, wenn wir uns ansprechen," sagte Isabel entschlossen, ihre Stimme fest und autoritär. Felipe war nervös, seine Hände zitterten. "Ich will nicht noch mehr Leute verletzen," gestand er, seine Stimme brüchig. Isabel sah ihn ernst an, ihre Augen durchdringend. "Du hast mich gerettet, Felipe. Sei stolz darauf." Doch Felipe platzte heraus, seine Stimme ein verzweifeltes Flüstern: "Ich wollte dich nicht retten. Ich wollte nur nicht gesehen werden." Isabel starrte ihn schockiert an, ihre Augen blitzten vor Wut. Sie zog eine Waffe und hielt sie ihm an den Kopf. "Hättest du die Vergewaltigung einfach zugelassen, wenn er dich nicht entdeckt hätte?!" Felipe blickte zur Seite, unfähig, ihren Blick zu erwidern. "Wen kümmert's? Du hättest doch eh nichts mitbekommen." Isabel rastete aus, ihre Wut unkontrolliert, aber die anderen Frauen hielten sie zurück. "Ich dachte, wenn deine Mutter dich so liebt und du mich gerettet hast, steckt vielleicht doch etwas Gutes in dir. Aber du bist ein verkommenes Schwein." Felipes Gesicht wurde bleich, seine Augen füllten sich mit Reue. "Du hast recht. Aber ich werde euch bei dem Überfall helfen," sagte er leise, seine Stimme voller Entschlossenheit. Mittlerweile waren Mateo und Carlos mit dem Geldtransporter unterwegs. Die Straße war einsam, das einzige Geräusch kam von dem monotonen Brummen des Motors. Plötzlich hielt Carlos dem Fahrer eine Waffe an den Kopf. "Fahr da vorne links," befahl er, seine Stimme war eiskalt. Der Fahrer kannte das Gebiet und zögerte, doch Carlos Entschlossenheit war nicht zu übersehen. Mateo nahm sein Telefon und rief Raul an. "Wir stehlen dein Geld und verschwinden. Mit der Entführung unserer Mutter bist du zu weit gegangen," sagte er, seine Stimme bebte vor Zorn. Raul war wütend und traurig zugleich. Die Nacht war still, nur das leise Zirpen der Grillen und das ferne Heulen eines Hundes war zu hören. Seine Handlanger, die er wie Brüder behandelt hatte, hatten sich gegen ihn gestellt. Mateo legte auf und kurz darauf wurden sie von einem Truck verfolgt. Die drei Frauen und Felipe, maskiert und bewaffnet, setzten zum Angriff an. Der Himmel war dunkel, und nur die Scheinwerfer der Fahrzeuge schnitten durch die Nacht. Isabel platzierte einen Bengalo auf der Motorhaube des

Geldtransporters. Die Fahrer verlor die Sicht, und beide Fahrzeuge kamen zum Halt. Die Frauen und Felipe stiegen aus und bedrohten die Männer. Ein Warnschuss von Felipe ließ Carlos zurückschrecken, doch er biss Isabel in den Arm, als sie ihn fesselte. Felipe zögerte nicht lange und schoss ihm in die Schulter. Das Krachen des Schusses hallte durch die stille Nacht. Mateo schrie auf, doch dann erkannte Carlos Isabels Tattoo. "Du...!" stammelte er, seine Augen weit vor Schock. Die Frauen flohen mit dem Geldtransporter, doch Mateo gab nicht auf. Er sprang auf die Motorhaube und griff durch das Loch in der Windschutzscheibe. Er riss Rosas Helm herunter und war überrascht, ihr Gesicht zu sehen. Isabels Gesicht war eine Maske der Entschlossenheit, als sie eine Vollbremsung machte. Mateo wurde mehrere Meter weit an den Straßenrand geschleudert, sein Körper prallte hart auf den felsigen Boden. Rosa stieg aus, um nach ihm zu sehen. "Warum bist du hier?" fragte er schwach, seine Stimme ein heiseres Flüstern. "Warum bist du nicht längst geflohen?" Rosa schluckte schwer und sah ihn mitleidig an. "Es gibt Dinge, die man einfach tun muss," antwortete sie leise. "Wir wollen ein neues Leben beginnen, und dafür müssen wir das hier tun." Mateos Augen füllten sich mit Tränen, aber er hielt sie zurück. "Du hättest weit weg sein können. Du hättest in Sicherheit sein können," sagte er, seine Stimme voller Kummer. Isabel und Beatriz standen einige Meter entfernt und beobachteten die Szene, ihre Waffen noch immer bereit. "Rosa, wir müssen weiter!" rief Isabel ungeduldig. "Wir haben keine Zeit für Sentimentalitäten!" Rosa zögerte, doch sie wusste, dass Isabel recht hatte. Sie stand auf und sah Mateo ein letztes Mal an. "Es tut mir leid," flüsterte sie. "Kommt her und helft mir hier!", schrie sie zu den anderen. "Er könnte uns noch als Geisel nützlich sein", fügte sie hinzu. Isabel, Beatriz und Felipe kamen dazu und gemeinsam schafften sie den verletzten Mateo in den Wagen.

KAPITEL 16 – GELDREGEN IM SCHLACHTHOF

Die Nacht war dunkel und die Luft schwer von der Anspannung, die in dem alten, rostigen Van hing. Rosa, Isabel und Beatriz hatten den Geldtransporter ihres Zuhälters Raul gestohlen und waren nun auf der Flucht. Der Motor heulte auf, als Rosa das Gaspedal bis zum Anschlag durchdrückte. Der Wagen sprang über die Schlaglöcher der alten Landstraße, und die Welt draußen verwandelte sich in ein verschwommenes Band aus Schatten und Licht. Hinter ihnen heulten Sirenen, und das flackernde Blaulicht der Polizei war ihnen dicht auf den Fersen. „Schneller, Rosa!", rief Isabel, ihre Stimme überschlug sich vor Adrenalin und Panik. Sie drehte sich im Sitz um und sah durch die Heckscheibe die immer näher kommenden Lichter der Verfolger. „Wir müssen diese Bastarde abhängen!" „Ich tu, was ich kann!", rief Rosa zurück und biss die Zähne zusammen. Ihre Hände umklammerten das Lenkrad so fest, dass ihre Knöchel weiß hervortraten. „Aber dieser verdammte Van ist nicht gerade ein Rennwagen!" Beatriz, die auf dem Beifahrersitz saß, starrte ebenfalls zurück. Ihre Augen waren weit aufgerissen vor Schock und Erregung. „Ich kann nicht glauben, dass wir das wirklich durchgezogen haben", murmelte sie, ihre Stimme bebte. „Wir sind noch nicht raus aus der Sache", sagte Felipe, der im hinteren Teil des Vans saß. Schweißperlen standen auf seiner Stirn, und er hielt eine Pistole in der Hand. Neben ihm lag Mateo, der Handlanger von Raul, gefesselt und mit einem finsteren Gesichtsausdruck. „Schönes Stück Arbeit, Felipe", lobte Rosa, ohne den Blick von der Straße zu nehmen. „Der Plan hat funktioniert." Felipe grinste schief. Mateo hob den Kopf und funkelte ihn an. „Raul wird euch alle finden", sagte er leise, seine Stimme war bedrohlich ruhig. „Und dann werdet ihr beten, dass die Polizei euch zuerst erwischt." „Halt die Klappe, Mateo", unterbrach ihn Isabel scharf und wandte sich an Rosa. „Fahr zum alten Schlachthof. Dort sind wir erst mal sicher." Der alte Schlachthof stand einsam und verlassen in der Dunkelheit, ein Mahnmal vergangener Zeiten. Das hohe, verfallene Gebäude ragte wie ein stummes Monster aus der Dunkelheit. Die Frauen zogen den Van in den Schatten eines großen Metalltores und schleppten Mateo aus dem Wagen. Sie fesselten ihn an einen rostigen Metallstuhl in der Mitte des großen, hallenden Raumes. Die Luft war schwer und roch nach verrottendem Fleisch und altem Blut. Felipe holte die Safes aus dem Geldtransporter und stellte sie in die Mitte des Raumes. „Wie kriegen wir die Dinger auf?", fragte Beatriz, während sie nervös umherblickte. Ihre Hände zitterten, und sie konnte den harten Knoten aus Angst und Erregung in ihrem Magen kaum ertragen. Felipe zog seine Pistole und zielte auf das Schloss eines der Safes. „So", sagte er knapp und drückte ab. Mit einem lauten Knall öffnete sich die Safe. Das Geld schimmerte im trüben Licht der alten Neonlampen, das Funkeln der Scheine war wie ein Versprechen auf ein neues Leben. Die Frauen schrien vor Glück. Rosa, Isabel und Beatriz schütteten das Geld in eine alte Badewanne, die in einer Ecke des Raumes stand, und begannen sofort zu zählen. Ihre Finger glitten über die glatten Scheine, das Gefühl von Reichtum und Freiheit erfüllte sie mit einem berauschenden Rausch. „4,3 Millionen Euro!", verkündete Rosa schließlich, ihre Augen glänzten vor Begeisterung. „Wir haben es geschafft!" Die Frauen fielen sich in die Arme, lachten und tanzten durch den Raum. Für einen Moment schien die Welt stillzustehen, während sie ihren Triumph feierten. Sie hatten es geschafft, sie hatten Raul betrogen und waren dem Albtraum ihres bisherigen Lebens entkommen. „Wie bringen wir das Geld durch den Zoll?", fragte Beatriz schließlich, als sie wieder etwas zur Ruhe gekommen waren. Ihre Stimme war ernst, und der Ausdruck auf ihrem Gesicht zeigte die Schwere der Aufgabe, die vor ihnen lag. „Wir brauchen einen unauffälligen Wagen", sagte Isabel nachdenklich. „Einen Familienwagen oder sowas in der Art. Felipe, du kommst mit Beatriz und mir. Rosa, du passt auf Mateo auf." Isabel, Beatriz und Felipe fuhren zu einem MietwagenGeschäft in der Stadt und mieteten einen schwarzen Familienwagen. Während Beatriz die Bezahlung klärte, saßen Isabel und Felipe im Wagen und sprachen miteinander. Die Spannung zwischen ihnen war fast greifbar, wie ein unsichtbares Band, das sie zusammenhielt und zugleich auseinanderzerrte. „Es tut mir alles so leid", begann Felipe nach einer Weile, seine Stimme war leise und ehrlich. „Wenn wir uns unter anderen Umständen kennengelernt hätten, hätten wir vielleicht sogar Freunde sein können." Isabel wandte ihm den Kopf zu und ihre Augen funkelten gefährlich. „Freunde?", fragte sie scharf. „Du hast mich im Klo eingesperrt, mit einem Gürtel stranguliert und 50 Euro in meinen Mund gesteckt. Du bist ein Schwein, Felipe. Ich wollte nicht nur in deine Hand schießen, weißt du? Ich wollte dich wirklich töten." Felipe starrte sie schockiert an, unfähig, etwas zu sagen. Der Schmerz in seinen Augen war echt, aber Isabel fühlte keine Sympathie. Sie reichte ihm seinen Anteil vom Raub und er stieg wortlos aus dem Wagen, verabschiedete sich kurz von Beatriz und machte sich auf den Heimweg. Zur gleichen Zeit verhörte Raul Carlos. Carlos hatte Raul verraten und gemeinsam mit Mateo den Geldtransporter gestohlen. Doch der Plan war schiefgegangen, und nun standen sie vor den Trümmern ihrer Hoffnungen. Rauls Gesicht war eine Maske aus kaltem Zorn. „Wo ist mein Geld, Carlos?", fragte er leise, fast sanft. Seine Stimme war gefährlich ruhig, wie die Stille vor einem Sturm. Carlos war blass vor Angst und Schmerz. „Wir wurden überfallen", stammelte er, seine Stimme zitterte. „Es waren Frauen. Eine von ihnen hatte ein Tattoo... Isabel." Rauls Augen verengten sich. „Isabel... Die Frauen haben es geschafft, aus dem Loch zu entkommen. Unglaublich." Er wandte sich an seine Handlanger. „Geht und schaut nach, ob sie wirklich aus dem Loch sind." Carlos brach in Tränen aus. „Wo ist unsere Mutter?", fragte er verzweifelt. Raul führte ihn in den Keller und öffnete eine alte Gefriertruhe. Darin lag die Mutter von Mateo und Carlos, leblos und kalt, ihr Gesicht von einer seltsamen Ruhe erfüllt. „Ich habe ihr Leiden beendet", sagte Raul ruhig. „Sie hatte Alzheimer. Es war das Beste für sie." Carlos brach zusammen, seine Tränen mischten sich mit dem Blut, das aus seiner Schusswunde sickerte. Der Schmerz und die Verzweiflung über den Verlust seiner Mutter und die grausame Realität, in der er sich befand, brachen ihm das Herz. Zur gleichen Zeit war Rosa im verlassenen Schlachthof allein mit Mateo. Unter dem Einfluss von Drogen entschied sie, dass sie Mateo töten müsse, um ein neues Leben beginnen zu können. Ihre Gedanken waren wirr, aber ein klarer Gedanke schien durch den Nebel hindurch: Sie musste ihre Vergangenheit hinter sich lassen. „Lass mich gehen, Rosa", flehte Mateo. Seine Stimme war rau, doch in seinen Augen lag ein Flehen, das sie fast rührte. „Raul wird meinen Bruder töten, wenn ich nicht zurückkomme. Unsere Mutter hat er auch entführt. Wir wollten nur ein neues Leben anfangen, genau wie ihr." Rosa lachte bitter, ihr Blick war hart. „Der Wolf hat die Großmutter geholt", spottete sie und wandte sich ab. In diesem Moment nutzte Mateo seine Chance, gab ihr eine Kopfnuss und befreite sich von seinen Fesseln, indem er den Stuhl zerstörte, auf dem er saß. Ein heftiger Kampf entbrannte, der durch die dunklen, hallenden Räume des Schlachthofs widerhallte. Mateo trat Rosa auf die Hand, als sie nach der Waffe griff. Mit einer Metallkette schlug er in ihre Richtung, und der Haken am Ende der Kette verursachte eine tiefe Wunde in Rosas Gesicht. Sie schrie laut auf und fiel zu Boden. Die Schmerzen schienen unerträglich. Sie war geschockt, als sie erkannte, was der Haken an der Kette angestellt hatte. Er hatte ihr Auge herausgerissen. Sie blieb wie gelähmt am Boden liegen, während Mateo begann, das Geld aus dem Transporter in Taschen zu stopfen, seine Bewegungen hastig und panisch. Rosa, von Schmerzen überwältigt, beschimpfte ihn. „Du hättest mich nie aus dem Loch befreien dürfen!", schrie sie. „Ich hasse dich!" Mateo nickte, seine Augen kalt und entschlossen. „Vielleicht hast du recht." Er hob die Waffe und richtete sie auf Rosa. Doch bevor er abdrücken konnte, krachte der Mietwagen durch die Tür. Isabel und Beatriz sprangen aus dem Auto, und Beatriz eröffnete sofort das Feuer mit einem automatischen Maschinengewehr. Die Schüsse hallten durch den weiten Raum und zerrissen die angespannte Stille. Mateo erwiderte das Feuer, doch erkannte schnell, dass er unterlegen war. Er flüchtete in einen Nebenraum, der mit Panzerglas verkleidet war, und verriegelte die Tür hinter sich. „Er kann uns nicht entkommen!", schrie Rosa, ihre Stimme war rau und voller Hass. Sie rappelte sich auf, ihre Hand hielt die blutige Augenhöhle, während sie sich taumelnd auf die Tür zubewegte. Isabel packte sie am Arm und hielt sie zurück. „Lass es gut sein, Rosa", sagte sie beruhigend. „Wir haben das Geld. Wir müssen nur noch hier raus und unser neues Leben beginnen." Rosa atmete schwer, ihre Augen blitzten vor Wut und Schmerz. Doch schließlich nickte sie widerstrebend. „Okay", sagte sie leise. „Aber ich schwöre, wenn ich ihn jemals wiedersehe..." „Ich weiß", antwortete Isabel und drückte ihren Arm. „Aber jetzt müssen wir verschwinden." Sie packten das Geld in die Taschen und eilten zum Auto. Die Spannung war greifbar, als sie den alten Schlachthof verließen und zurück in die Nacht fuhren. Der Gedanke an Freiheit war berauschend, und trotz der Schmerzen und Verluste fühlten sie sich lebendig wie nie zuvor. Währenddessen erreichte Raul mit Carlos und zwei seiner Handlanger den Ort, wo der Überfall stattgefunden hatte. Carlos war mittlerweile sehr schwach und blutete weiterhin stark. Raul zwang ihn, sich an die Stelle zu legen, wo er zuvor gefesselt war. „Ich muss ins Krankenhaus", flehte Carlos erneut, seine Stimme war kaum mehr als ein

Flüstern. „Bitte, Raul." „Das wird nicht passieren", antwortete Raul kalt. „Du hast dich zwischen mich und Mateo gestellt. Damit ist jetzt Schluss." Carlos brach zusammen, sein Körper zitterte und dann lag er nur still da. Raul sah auf den toten Carlos hinab und eine seltsame Mischung aus Trauer und Wut spiegelte sich in seinen Augen. „Es sind die Frauen, die daran schuld sind", sagte einer der Handlanger. „Ohne sie wäre das alles nicht passiert." Raul nickte langsam. „Wir haben die Schlacht verloren, aber den Krieg nicht", murmelte er, seine Stimme war fest und entschlossen. „Wir werden sie finden." Zur gleichen Zeit war Mateo noch im verlassenen Schlachthof. Er saß schwer atmend in dem Panzerglasraum und dachte an seinen Bruder. Tränen stiegen ihm in die Augen, als sein Telefon klingelte. Es war Raul. „Carlos ist tot", sagte Raul ohne Vorwarnung. „Er ist verblutet." Mateo sank auf die Knie, sein Körper zitterte. „Nein!", schrie er und die Verzweiflung in seiner Stimme war herzzerreißend. „Das kann nicht sein!" „Es sind die Frauen", fuhr Raul fort. „Sie haben uns alles genommen. Wir müssen sie finden, Mateo. Für Carlos." Mateo nickte, seine Augen hart und entschlossen. „Wir werden sie finden", sagte er mit bebender Stimme. „Und wir werden sie bezahlen lassen."

Währenddessen befanden sich Rosa, Isabel und Beatriz auf einer Fähre, die sie in ein neues Leben bringen sollte. Sie standen am Rand des Pools auf dem Deck, die frische Seeluft wehte um ihre Gesichter und sie fühlten sich endlich frei. Das Geld war sicher in ihren Taschen verstaut und die Zukunft lag vor ihnen wie ein Versprechen. „Wir haben es geschafft", sagte Beatriz leise und ihre Augen glitzerten vor Freude. „Wir sind frei." Rosa nickte und lehnte sich entspannt zurück. „Ja, wir haben es geschafft", stimmte sie zu. „Jetzt beginnt unser neues Leben." Isabel, die neben ihnen stand, lächelte. „Auf uns", sagte sie und hob ein Glas, das sie von der Poolbar geholt hatte. „Auf unsere Freiheit und auf ein neues Leben." Die Frauen stießen an, ihre Blicke voller Hoffnung und Freude. Die Schrecken der Vergangenheit schienen weit hinter ihnen zu liegen, und vor ihnen lag eine Zukunft voller Möglichkeiten. Die Wellen des Meeres glitzerten im Licht der aufgehenden Sonne, und für einen Moment schien die Welt ihnen zu gehören.

KAPITEL 17 – DER SAND DES VERRATS UND DAS MEER DER HOFFNUNG

Die sengende Sonne der Wüste brannte erbarmungslos auf Mateos Rücken, während er die letzte Handvoll Sand über das schlichte Grab seines Bruders Carlos warf. Der glühende Sand reflektierte die Sonne und schien ihn förmlich zu verschlingen. Mit zitternden Händen kniete er sich hin und sprach leise: „Ruhe in Frieden, Carlos." Die Luft war drückend still, das einzige Geräusch war das entfernte Summen der Wüstentiere. Neben dem Grab seines Bruders lag das seines Vaters, ebenso unscheinbar und verloren in dieser endlosen Einöde. Mateo schwor, dass niemand von diesem Ort erfahren würde. Offiziell hieß es, Carlos sei in einen anderen Club versetzt worden. „Eine Hintertür in den Himmel," murmelte Mateo bitter und wandte sich ab, seine Schultern hängend unter der Last des Geheimnisses. Einige Wochen später, in den düsteren Ecken der Stadt, in denen Mateo und Raul sich oft trafen, waren von einem schwachen, flackernden Licht erhellt, das kaum den Boden erreichte und lange, bedrohliche Schatten warf. Ihre Freundschaft hatte sich wieder gefestigt, stärker und tiefer als zuvor. Sie waren wie Pech und Schwefel, unzertrennlich und unnachgiebig in ihrem Streben nach Rache. Ihre gemeinsamen Feinde waren drei Frauen: Rosa, Isabel und Beatriz. „Sie müssen dafür bezahlen," knurrte Raul eines Abends, als sie in einer verrauchten Bar saßen. Die Luft war dick von Zigarettenrauch und der Geruch von verschüttetem Bier hing schwer in der Luft. Mateo starrte in sein Glas, das Bier schäumte leicht an den Rändern. „Aber zuerst brauche ich eine Pause. Ich kann nicht mehr." Raul legte ihm eine schwere Hand auf die Schulter, seine Augen durchdringend und ernst. „Du hast dir eine Auszeit verdient. Bring meine Kinder zur Schule, verbringe Zeit mit ihnen. Du hast es dir verdient. Das wird dich auf andere Gedanken bringen." Mateo fühlte eine Welle der Erleichterung, doch auch eine Spur von Schmerz. Seine Gedanken wanderten zu seiner Mutter, die er seit Ewigkeiten nicht mehr gesehen hatte. „Was ist mit meiner Mutter? Wo ist sie?" fragte er mit einem Hauch von Hoffnung in der Stimme. Raul lächelte

kalt, seine Augen funkelten im schwachen Licht. „Ich bringe dich zu ihr."
Die Fahrt zum Altersheim war still und angespannt. Das Gebäude lag am
Stadtrand, abgelegen und umgeben von hohen Mauern, die die Welt
draußen zu halten schienen. Raul führte Mateo durch die kalten, sterilen
Gänge zu einem kleinen Zimmer. Dort, auf einem schmalen Bett, lag seine
Mutter, still und friedlich, ihre Augen geschlossen, als ob sie schlief. Mateo spürte eine Mischung aus Erleichterung und Trauer. „Sie ist hier in
Sicherheit," sagte Raul, seine Stimme kaum mehr als ein Flüstern. Was
Mateo nicht wusste: Seine Mutter war längst tot. Raul hatte ihren Leich-
nam in einer Gefriertruhe aufbewahrt und erst kürzlich wieder aufgetaut,
um diese makabre Inszenierung aufrechtzuerhalten. Ein paar Tage später
erhielt Mateo einen Anruf von Raul. „Deine Mutter ist verstorben," sagte
er mit einer trügerischen Sanftheit in der Stimme. Mateos Herz sank,
nichtsahnend, dass sie schon lange tot war. In der Zwischenzeit hatten
Rosa, Isabel und Beatriz ein neues Leben in Almeria begonnen. Mit dem
gestohlenen Geld von Raul hatten sie ein malerisches Haus am Strand
gekauft und eine charmante Kuchenbäckerei eröffnet. Die Tage waren erfüllt von der salzigen Meeresbrise und dem Lachen der Touristen, die
ihre köstlichen Backwaren genossen. Beatriz hatte sich in ihren Tauchlehrer Teo verliebt, einen gütigen Mann um die fünfzig, dessen Gesicht von
der Sonne gegerbt war und dessen Augen eine Tiefe hatten, die sie faszi-
nierte. Eines Nachmittags, während sie Hand in Hand am Strand entlang
gingen, blieb Beatriz stehen und schaute ihm tief in die Augen. „Ich muss
dir etwas sagen," begann sie zögernd. Teo blickte sie aufmerksam an.
„Was ist los, Beatriz? Du weißt, du kannst mir alles sagen." Beatriz zögerte, ihre Augen flackerten unsicher. „Ich bin im fünften Monat schwanger." Teo, sichtlich erschüttert, starrte sie an. „Ich dachte, zwischen uns
wäre etwas..." Seine Stimme brach, und er wandte den Blick ab, die Wellen rollten rhythmisch gegen den Strand, als ob sie seine Gefühle wider-
spiegelten. Beatriz nahm seine Hand und zog ihn sanft zu sich. „Es gibt
keinen anderen Mann, nur dich." Sie küsste ihn zärtlich und spürte, wie
seine Anspannung nachließ. Isabel hatte ebenfalls einen neuen Anfang
gefunden. Jeden Tag besuchte sie die Tankstelle, wo eine Tankwartin namens Gracia arbeitete, die ihr Herz erobert hatte. Anfangs tauschten sie
nur flüchtige Blicke aus, doch bald begannen sie, sich zu unterhalten. Eines Tages, als die Sonne gerade unterging und der Himmel in ein sanftes
Rosa tauchte, fragte Isabel sie, ob sie nach der Arbeit eine Motorradtour

machen wolle. Gracia zeigte ihr ein Tattoo mit einem Namen auf ihrem Arm. „Ich habe eine Freundin," sagte sie und lächelte entschuldigend. Isabel lächelte zurück, wenn auch traurig. „Ich dachte, Kassetten würden ewig bleiben, falsch gedacht." Sie zeigte ihr eigenes Tattoo einer Kassette auf ihrem Arm. Gracia schmunzelte. „Ich habe um 19:00 Uhr Feierabend. Vielleicht könnten wir trotzdem fahren?" „Ja, das wäre schön," antwortete Isabel und spürte ein kleines, warmes Gefühl in ihrer Brust. An diesem Abend fuhren sie entlang der Küste, das Rauschen des Meeres und der Fahrtwind in ihren Ohren. Sie tranken Bier auf der Veranda des Hauses von Gracia, die Luft war kühl und erfrischend. Isabel fühlte sich frei, zum ersten Mal seit langer Zeit. „Ich habe nicht viele Freunde hier," gestand sie. „Ich möchte dich besser kennenlernen." „Erzähl mir von dir," sagte Isabel, ihre Augen neugierig und freundlich und die Tankwartin erzählte ihr von ihrem normalen Leben, von dem sie so lange geträumt hatte. Rosa hingegen kämpfte mit ihrer Vergangenheit. Albträume von Club und von Raul quälten sie Nacht für Nacht. Die Erinnerungen waren wie dunkle Schatten, die sie nicht abschütteln konnte. Während sie in ihrem Bett lag und die Decke anstarrte, hörte sie die Geräusche der Stadt, die nie schlief. Sie fühlte sich gefangen zwischen zwei Welten, unfähig, Frieden zu finden. Zur gleichen Zeit kehrte Raul in seine luxuriöse Villa zurück und fand Mateo und Arturo, seinen Fahrer, beim Biertrinken im Garten. Das Lachen und die Fröhlichkeit der beiden Männer waren wie ein Stich in sein Herz. „Du verstehst dich gut mit Mateo," bemerkte Raul zu Arturo, als sie später in Rauls Büro im Club waren. „Ja, wir sind gute Freunde geworden," antwortete Arturo, seine Stimme ruhig und gelassen. Raul setzte ein falsches Lächeln auf. „Aber ich kann nicht riskieren, dass du redest. Ich befördere dich nach Kuba." Arturo blickte überrascht und verärgert zugleich. „Ich kann nicht. Marisol und ich sind gerade zusammengezogen." "Ich werde garantiert nichts sagen, das schwöre ich." Raul erwiderte: "Du musst nur einmal mit Mateo um die Häuser ziehen und zu viel getrunken haben und schon plapperst du aus, was wirklich mit Carlos geschehen ist. Das kann ich nicht riskieren." Arturo erwiderte: "Raul, du kannst mir vertrauen. Egal wie blau ich bin, ich werde nichts sagen. Außerdem kannst du mir nicht befehlen, mit wem ich mich in meiner Freizeit treffe und mit wem nicht. Du bist mein Boss und nicht der heile Vater im Vatikan." Raul drückte ihm 25.000 Euro in die Hand, die Scheine raschelten in der Stille des Autos. „Für Spesen." "Und nun ruf deine Marisol an und berichte ihr von deiner Beförderung." Widerwillig griff Arturo zum Telefon und rief seine Freundin an. Nach dem kurzen Gespräch drehte er sich um und sah nur noch die Flasche Wein, die Raul in der Hand hielt. Der zertrümmerte Boden blitzte auf, bevor er Arturos Bauch zehnmal durchstach. „Heiliger Vater im Vatikan, du Witzbold," schrie Raul, während Arturo zusammensank, seine Augen weit aufgerissen vor Schmerz und Unglauben. Er rief Tomas, seinen Handlanger, an und gemeinsam verstauten sie Arturos Körper in einem Metallfass im Keller des Clubs, versiegelten es und ließen es in der Dunkelheit verschwinden. Zur gleichen Zeit aßen die drei Frauen und Teo zusammen zu Mittag in ihrer sonnendurchfluteten Küche. Teo, nervös und schwitzend, kniete sich plötzlich vor Beatriz und hielt ihr einen einfachen, aber liebevollen Ring entgegen. „Willst du mich heiraten?" Beatriz, überrascht und überwältigt von Emotionen, wich aus und stand abrupt auf. „Ich fühle mich nicht gut," sagte sie und verschwand in die Küche. Teo folgte ihr, besorgt. „Was ist los?" fragte er sanft. „Du kennst mich nicht wirklich," gestand Beatriz und Tränen schimmerten in ihren Augen. „Ich habe einen Sohn in Kuba. Ich wollte hier ein besseres Leben anfangen, aber alles ist nur schlimmer geworden." Teo nahm ihre Hand und zog sie in seine Arme. „Wir holen deinen Sohn hierher. Wir werden eine große, glückliche Familie sein." Beatrizs Herz füllte sich mit Hoffnung und sie ließ sich in seine Umarmung fallen. Noch am selben Abend telefonierte Beatriz von der einzigen Telefonzelle in der Gegend mit ihrer Mutter in Kuba. „Ich bin so glücklich," sagte sie und berichtete von ihrer Schwangerschaft und ihrem neuen Freund. Ihre Mutter weinte leise. „Ich freue mich so sehr für dich, mein Kind." Als das Telefonat endete, traten zwei von Rauls Männern aus den Schatten und gaben Beatrizs Mutter Geld. „Wir werden deinen Enkelsohn freilassen," versprachen sie. Die Mutter brach in Tränen aus, als sie erkannte, dass sie ihre Tochter erneut verraten hatte. Die Männer riefen Raul an und berichteten ihm von der Küste von Almeria. Raul lächelte kalt, während er Mateo ansah. „Wir haben sie endlich gefunden."

KAPITEL 18 – BLUTIGE ABRECHNUNG

Raul stand inmitten seines Clubs, umgeben von flackernden Neonlichtern und dem pulsierenden Rhythmus der Musik, der durch den Raum dröhnte. Die Luft war schwer vom Duft nach Alkohol und Zigarettenrauch, und ein Hauch von Spannung lag in der Atmosphäre, als er seine Handlanger um sich versammelte. In einer schummrigen Ecke des Raumes lehnte Damon, ein Mann, dessen Gesicht von Narben und seine Augen von einer eisigen Kälte geprägt waren, die jedem, der ihm begegnete, einen Schauer über den Rücken jagte. Raul nahm einen tiefen Zug von seiner Zigarre und blies den Rauch langsam aus, bevor er das Wort ergriff. "Das hier, Leute," begann er mit tiefer, bestimmter Stimme, "ist Damon. Er hat in zahlreichen militärischen Einsätzen gekämpft und arbeitet jetzt als professioneller Killer. Er wird uns helfen, eine besonders lästige Angelegenheit zu regeln." Mateo, Rauls treuer Freund und langjähriger Handlanger, hob eine Augenbraue und trat einen Schritt vor. "Warum brauchen wir ihn, Boss? Was macht ihn so besonders?" fragte er, während er Damon misstrauisch musterte. Raul schnaubte leise und lächelte zynisch. "Rosa, Isabel und Beatriz haben unser Geld gestohlen. Ein ganzes Vermögen aus meinem Geldtransporter. Ich will Rache, und Damon hier wird uns helfen, sie zur Strecke zu bringen." Ein Raunen ging durch die Menge, das Licht der Neonröhren warf flackernde Schatten auf die angespannten Gesichter der Männer. Damon trat aus dem Schatten, seine Haltung entspannt, aber seine Augen wachsam. "Es ist ein präziser Plan nötig," sagte er ruhig, aber mit einer Autorität in der Stimme, die keinen Widerspruch duldete. "Wir müssen das Gebiet durchsuchen, von dem aus Beatriz zuletzt telefoniert hat. Wir dürfen nichts überstürzen. Wenn wir sie finden, müssen wir den richtigen Moment abwarten, um sie alle gleichzeitig zu töten." Mateo nickte langsam und kratzte sich nachdenklich am Kinn. "Das klingt gut. Aber wie genau wollen wir vorgehen? Diese Frauen sind nicht dumm. Sie haben uns schon einmal überlistet." Damon grinste kalt. "Deshalb bin ich hier. Wir werden sie überraschen. Aber ich warne euch: Ich arbeite nicht mit Amateuren. Also enttäuscht

mich besser nicht, sonst kann das sehr unangenehm für euch werden."
Zur gleichen Zeit fuhr Gracia, Isabels neue Freundin, mit ihrem quiet-
schenden Fahrrad durch die engen, kopfsteingepflasterten Straßen von
Almeria. Das Sonnenlicht fiel in warmen Strahlen auf die bunten Fassa-
den der Häuser und tauchte die Stadt in ein goldenes Licht. Die frische
Brise wehte ihr entgegen, als sie schließlich das Haus der drei Frauen erreichte und klingelte, ihr Herz klopfte laut in ihrer Brust. Isabel öffnete
die Tür, ihr Gesicht erhellte sich bei dem Anblick von Gracia. "Gracia!
Was machst du hier?" fragte sie überrascht, aber sichtbar erfreut. Gracia,
noch außer Atem vom Fahrradfahren, nahm Isabels Hände in ihre und
sah ihr tief in die Augen. "Ich musste einfach herkommen," sagte sie atemlos. "Ich habe mit meiner Freundin Schluss gemacht. Ich kann nur an dich
denken, Isabel. Ich... ich liebe dich." Isabel strahlte und zog Gracia in eine
enge Umarmung, ihr Herz schlug vor Freude schneller. "Ich bin so glücklich! Ich habe auch ständig an dich gedacht." Später an diesem Abend saßen die drei Frauen Rosa, Isabel und Beatriz zusammen mit Gracia, Teo
und Paco, ein Freund von Teo an einem langen Esstisch in ihrem gemüt-
lichen Wohnzimmer. Die Atmosphäre war entspannt, das Licht der Ker-
zen auf dem Tisch warf warme Schatten auf die Wände, und das sanfte
Knistern des Kamins verlieh dem Raum eine behagliche Wärme. Gracia,
neugierig auf die Vergangenheit der Frauen, sah sich in die Runde und
fragte: "Also, was habt ihr drei früher gemacht?" Rosa lächelte geheim-
nisvoll und lehnte sich zurück. "Ach, nichts Besonderes. Ich habe Nach-
hilfestunden in Biologie gegeben," sagte sie, bevor sie eine Pause machte
und Beatriz ansah. "Beatriz, erzähl doch mal von deiner Vergangenheit."
Beatriz wirkte überrumpelt, ihre Wangen röteten sich leicht. "Ähm, ich
habe von allem etwas gemacht," stammelte sie verlegen und vermied es,
den Blickkontakt zu halten. "Und Isabel war Stewardess," fügte Rosa
hinzu und stand auf, um in die Küche zu gehen. Isabel war überfordert
mit der Situation und auch verärgert darüber, dass Rosa sie in diese Lage
brachte. Nun musste sie sich eine Geschichte ausdenken, die die Leute ihr
abkauften. In der Küche bestäubte Rosa den Apfelkuchen mit Puderzu-
cker und öffnete ein Geheimfach im Streuer, aus dem sie Drogen zum
Vorschein brachte. Schnell zerkleinerte sie die Tabletten und zog sich eine
Line, bevor sie den Kuchen zurück an den Tisch brachte und verteilte.
Gracia nahm ein Stück Kuchen und schaute neugierig zu Rosa. "Was hast
du denn noch gemacht, Rosa?" fragte sie und biss in das saftige Stück.

Rosa setzte ein unschuldiges Lächeln auf. "Nun, ich war mal CEO einer Reinigungsfirma," sagte sie, während sie sich setzte und den Kuchen genoss. "Aber eines Tages, nach einem anstrengenden Geschäftsessen, kam ich an einer Kirche vorbei und setzte mich in die vorderste Reihe. Plötzlich hörte ich die Stimme Gottes. Er sagte mir, dass dieser Job nicht meine Berufung ist. Also kündigte ich und bin jetzt Kuchenbäckerin hier in Almeria." Isabel und Beatriz tauschten ungläubige Blicke aus, ihre Augen zeigten deutlich, dass sie Rosa kein Wort glaubten. Doch sie sagten nichts und lächelten nur höflich. Rosa stand wieder auf und ging in die Küche, um Apfellikör zu holen. In der Küche öffnete sie erneut das Geheimfach und zerkleinerte schnell eine Tablette, die sie dann schnupfte. Fast hätten Isabel und Beatriz sie dabei erwischt, als sie in die Küche stürmten, um Rosa zur Rede zu stellen. "Verdammt, Rosa! Was erzählst du für einen Stuss?!" Isabel war sichtlich verärgert. "Müssen wir all diese Lügen erzählen? Ich fühle mich nicht wohl dabei. Vielleicht sollten wir es mal mit der Wahrheit versuchen," fügte Beatriz hinzu. Ihre Stimme war ernst. "Was wollt ihr denen denn sagen?" "Wir waren Prostituierte, haben unseren Boss krankenhausreif geschlagen und waren schon in mehreren Verfolgungsjagden und Schießereien verwickelt?!" "Wenn sie davon wüssten, würden sie uns ganz anders behandeln und ich will wie eine normale Person behandelt werden." "Glaubt mir Mädels, es ist besser, wenn sie so wenig wie möglich von unserer Vergangenheit erfahren." Nun verwandelten sich die Gesichter ihrer Freundinnen von verärgert zu besorgt. Sie stimmten Rosa zu und gingen bedrückt ins Wohnzimmer zurück. Zur gleichen Zeit im Wohnmobil, das an einem einsamen Straßenrand irgendwo in Almeria geparkt war, herrschte eine angespannte Stille. Das Fahrzeug war alt, und die Sitze waren abgenutzt. Ein scharfer, muffiger Geruch durchzog den Raum. Damon stand im winzigen Badezimmer und rasierte sich, während Mateo ihn durch den Türspalt beobachtete. Die Neonbeleuchtung flackerte und tauchte den Raum in ein unheimliches Licht. "Interessante Tattoos," sagte Mateo, seine Stimme klang misstrauisch und neugierig zugleich. "Was bedeuten die Striche?" Damon hielt inne und sah Mateo im Spiegel an. "Jeder Strich steht für einen Auftrag, und die Farbe für das Land des jeweiligen Opfers," antwortete er ruhig und setzte dann hinzu, "Kannst du wegschauen? Ich möchte mich anziehen." Mateo schnaubte verächtlich und verschränkte die Arme. Damon zuckte mit den Schultern und grinste schief. "Ich bin ein Killer aus dem 21. Jahrhundert. Ich habe gehört, dass du bei Raul wohnst, für ihn kochst und seine Kinder zur Schule fährst. Das klingt nach einer süßen kleinen Familie." Mateo sprang auf, seine Miene verfinstert, und seine Hände ballten sich zu Fäusten. "Ich bin nicht schwul. Raul ist wie ein Bruder für mich. Noch ein Wort und ich schneide dir die Zunge raus." Damon grinste weiter, doch seine Augen blitzten gefährlich. "Einmal Verräter, immer Verräter. Du bist unberechenbar, Mateo. Heute hilfst du, Frauen in Zement zu vergraben, und morgen holst du sie wieder heraus." Mateo trat einen Schritt näher und hob drohend die Hand. "Pass auf, was du sagst, Damon. Ich kann dir nicht trauen." Damon schüttelte nur den Kopf. "Und ich kann dir nicht trauen. Du bist wie ein Trapezkünstler. Einmal hier, einmal dort. Mal bist du loyal, mal bist du ein Verräter. Das macht dich gefährlich, aber auch unberechenbar." Im Haus der Frauen war die Stimmung inzwischen ausgelassen. Rosa, Isabel, Beatriz, Gracia, Teo und Paco tanzten im Wohnzimmer. Die Musik dröhnte, und die bunten Lichter der Diskokugel warfen ein kaleidoskopartiges Muster an die Wände. Die Luft war erfüllt von Lachen und der leichten Schwere von Alkohol. Teo und Beatriz beschlossen, sich zurückzuziehen und schlafen zu gehen. Auch Isabel und Gracia folgten ihnen, um die Nacht gemeinsam zu verbringen. Nur Rosa und Paco blieben zurück, die Musik vibrierte und die Lichter blitzten, während sie weiter tanzten. Paco trat näher an Rosa heran und legte eine Hand auf ihre Hüfte. "Du bist eine großartige Tänzerin, Rosa," sagte er, seine Stimme war leise und warm. "Hast du jemals daran gedacht, professionell zu tanzen?" Rosa lächelte und schüttelte den Kopf. "Tanzen ist nur ein Hobby für mich. Aber danke für das Kompliment. Sollten wir nicht vielleicht eine Pause einlegen? Wir haben viel getrunken." Paco nickte verständnisvoll, seine Augen zeigten ein leises Bedauern. "Du hast recht. Es war ein langer Tag. Vielleicht sollten wir uns ausruhen." Rosa lächelte ihn an, verabschiedete sich und ging in die Küche, wo sie erneut Tabletten zerkleinerte und schnupfte. Ihre Hände zitterten leicht, als sie den Rest der Drogen versteckte. Fast hätte Isabel sie dabei erwischt, als sie hereinkam, um sich ein Glas Wasser zu holen. "Rosa, ist alles in Ordnung?" fragte Isabel besorgt, als sie Rosa's blasses Gesicht sah. Rosa lächelte traurig und wischte sich eine Träne von der Wange. "Ich bin glücklich für dich und Gracia, Isabel. Aber ich werde das nie haben" Isabel nahm sie fest in den Arm. "Das wird sich ändern. Ich bin sicher, dass du auch dein Glück findest. Du verdienst es. Dieser

Paco scheint ein netter Kerl zu sein und er hat definitiv ein Auge auf dich geworfen." "Er ist schon ganz süß," erwiderte Rosa mit einem leichten Grinsen auf den Lippen. Am nächsten Morgen saß Mateo im Wohnmobil und aß Bohnen zum Frühstück. Der Duft der Bohnen vermischte sich mit dem muffigen Geruch des alten Fahrzeugs. Draußen begann die Sonne langsam aufzugehen und tauchte die Landschaft in ein sanftes Morgenlicht. Damon kam hinzu, seine Augen verengt vor Ärger und Schmerz, die Spuren der gestrigen Auseinandersetzung noch deutlich in seinem Gesicht zu sehen. "Warum kochst du nicht für alle?" fragte Damon und setzte sich neben Mateo. Seine Stimme war kalt und herausfordernd. Mateo grinste hämisch, ohne von seinem Teller aufzusehen. "Schreib mir deine Lieblingsgerichte auf," antwortete er sarkastisch. Damon schob Mateos Teller zu sich und nahm einen Löffel voll Bohnen. Mateos Gesicht verzog sich vor Zorn, und in einer blitzschnellen Bewegung zog er eine Waffe und hielt sie an Damons Kopf. Damon hielt inne, sein Grinsen wurde breiter. "War doch nur Spaß," sagte er langsam und setzte den Löffel wieder ab. Mateo, immer noch verärgert, setzte sich ans Steuer und startete den Motor. "Du verstehst echt keinen Spaß, Damon," sagte er, seine Stimme war scharf und ärgerlich. Damon lehnte sich zurück und verschränkte die Arme. "Einmal Verräter, immer Verräter. Du bist unberechenbar, Mateo. Heute bist du mein Feind, morgen vielleicht mein Freund. Wer weiß das schon bei dir?" Mateos Geduld riss. Er hasste diesen Typen bis aufs Mark. Er trat das Gaspedal durch und machte dann eine Vollbremsung. Damons Kopf schlug auf das Armaturenbrett auf, Blut rann ihm über die Stirn. Mateo packte Damons Kopf und prallte ihn mehrmals auf das Armaturenbrett, seine Wut und Frustration fanden in jeder Bewegung Ausdruck. Damon blieb erschöpft am Boden liegen, sein Atem ging schwer. Mateo schnappte sich Damons Pass und machte ein Foto davon. "Wenn du mir irgendwas antust, wirst du das Land nicht verlassen können. Ich habe das Foto deines Passes an meine Freunde geschickt," warnte Mateo kalt. Damon murmelte nur, "War doch nur Spaß. Du verstehst echt keinen Spaß." Mateo setzte sich zurück auf den Fahrersitz, immer noch zornig. Plötzlich bemerkte er ein Motorrad mit zwei Frauen, die an dem Wohnmobil vorbeifuhren. Er erkannte Isabel und reagierte blitzschnell, startete den Motor und begann die Verfolgung. Isabel und Gracia fuhren auf dem Motorrad durch die sonnigen Straßen von Almeria, das Licht tanzte auf den Wellen des Meeres und die frische Brise wehte ihnen ins Gesicht. Isabel lachte, ihr Herz war voller Glück und Frei-heit. Gracia hielt sich fest an ihr, ihre Augen leuchteten vor Freude, nichts ahnend, dass sie verfolgt wurden. Hinter ihnen beschleunigte Mateo das Wohnmobil, seine Augen fest auf das Motorrad gerichtet. "Damon, schnall dich an. Es wird holprig," rief er über die Schulter. Damon, der sich langsam aufrappelte, sah verwirrt zu Mateo. "Was ist los? Warum die Eile?" Mateos Gesicht war eine Maske aus Entschlossenheit und Wut. "Wir haben sie gefunden. Jetzt holen wir sie uns," antwortete er grimmig und trat aufs Gaspedal, das Wohnmobil raste hinter dem Motorrad her, bereit, die Verfolgung aufzunehmen.

KAPITEL 19 – ZWISCHEN HITZE UND HASS

Die Sonne brannte gnadenlos auf das staubige Dach des Wohnmobils, in dem Mateo saß und die Augen nicht von der Straße ließ. Der Motor lief leise, während die Klimaanlage auf Hochtouren arbeitete, doch die Hitze war erdrückend. Im Wohnbereich des Fahrzeugs lag Damon, die Hände und Füße mit dicken Kabelbindern gefesselt. Mateo hatte die Schnauze voll von ihm und hatte ihn kurzerhand gefesselt, damit er ihm nicht in die Quere kommt. Sein Gesicht war rot vor Zorn und Frustration. „Warum erledigen wir sie nicht gleich hier und jetzt?" rief Damon aus dem Inneren des Wohnmobils, seine Stimme durchdrang die stickige Luft. „Binde mich los und ich erledige das. Oder willst du die Lorbeeren alleine einheimsen?" Mateo knirschte mit den Zähnen und warf Damon einen vernichtenden Blick zu. „Sei still, Damon. Du bist hier, weil du die Kon-trolle verloren hast. Ein Fehler, und wir sind geliefert." Seine Stimme war kühl und schneidend, doch seine Hände zitterten leicht, als er das Fern-glas erneut an seine Augen hob. Damon lachte höhnisch, seine Augen funkelten vor ungezähmter Wut. „Kontrolle verloren? Du bist derjenige, der die Nerven verliert. Ich könnte das hier beenden, wenn du mich nur lässt." Mateos Geduld war am Ende, doch er biss sich auf die Lippen und ignorierte Damon. Der Mann war gefährlich, das wusste er, und die letzten Tage hatten gezeigt, dass Damon sich nicht mehr an die Regeln halten wollte. Isabel und Gracia fuhren auf ihrem Motorrad voraus, das Brummen des Motors wurde leiser, als sie in einiger Entfernung zum Halt kamen. Sie stiegen ab, schüttelten den Staub von ihren Lederjacken und gingen in einen kleinen Kiosk. Die Umgebung war menschenleer, der Kiosk ein kleines Gebäude mit bröckelnder Farbe und einer handgeschriebenen Tafel, die Getränke und Snacks anpries. Mateo griff erneut nach dem Fernglas und folgte den Frauen mit den Augen. Er beobachtete, wie sie nach ein paar Minuten wieder herauskamen, eine Tüte in der Hand, und zurück zum Motorrad gingen. Sie fuhren weiter, diesmal in Richtung eines Strandhauses, das von Palmen umgeben und fast idyllisch wirkte. Die Wellen des Meeres schlugen sanft gegen den Sand und die Luft roch nach Salz und Abenteuer. Als sie das Haus erreichten, parkten sie das Motorrad und gingen hinein. Mateo hob das Fernglas und studierte die Umgebung. Sein Herz setzte einen Schlag aus, als er die Polizeiwache nebenan entdeckte. „Verdammt," murmelte er und griff nach seinem Telefon. „Raul, ich habe Isabel gefunden," sagte Mateo, als sein Chef und Freund ans Telefon ging. „Und ich vermute, Rosa und Beatriz sind auch hier. Aber das Haus liegt direkt neben einer Polizeiwache." Raul lachte, ein tiefes, kehliges Lachen, das Mateo durch Mark und Bein ging. „Jetzt haben wir sie, Mateo. Geduld, mein Freund. Wir warten maximal zehn Tage und hoffen auf den perfekten Augenblick." „Zehn Tage?" fragte Mateo ungläubig. „Die Frauen sind nicht dumm, Raul. Sie könnten jederzeit abhauen." „Und das Risiko müssen wir eingehen," erwiderte Raul gelassen. „Wir dürfen keine Fehler machen. Sieh zu, dass du sie im Auge behältst." Währenddessen bereiteten sich Rosa, Isabel und Gracia im Strandhaus auf einen Tauchgang vor. Der Geruch von Salz und Sonnencreme erfüllte die Luft, und die Frauen schlüpften in ihre Neoprenanzüge. Teo, ihr Tauchlehrer und Freund von Beatriz, stand daneben und half ihnen beim Anlegen der Ausrüstung. Er ging zu Beatriz hinüber, die hochschwanger war und mit sichtlicher Anstrengung den Tauchanzug über ihren Bauch zog. „Beatriz, ich muss wissen, was mit dem Vater des Kindes ist," sagte er leise. „Weiß er davon?" Beatriz seufzte und nickte. „Ja, er weiß es. Aber er war nicht gerade begeistert. Wir haben uns im Club kennengelernt, wo ich als Tänzerin gearbeitet habe. Als ich schwanger wurde, konnte ich nicht mehr arbeiten. Schwangere Tänzerinnen sind nicht so beliebt." Teo sah sie an, sein Gesicht ernst und voller Mitgefühl. „Also hast du dein Leben für das Kind geändert?" Beatriz schaute auf ihren Bauch und dann wieder zu Teo. „Ja," antwortete sie leise. „Und das hat mich dazu gebracht, von Raul zu flüchten," fügte sie in Gedanken hinzu. Ihre Augen füllten sich mit Tränen, als sie an die schreckliche Zeit im Club zurückdachte. Ihre Gedanken drifteten zurück zu einer schrecklichen Erinnerung. Eine Kollegin im Club, die in Rauls Büro berufen wurde. Er hatte ihren Bauch abgetastet und sie beschimpft, weil sie schwanger geworden war. „Du blöde Kuh hast dich schwängern lassen," hatte er gesagt und die Frau zum Weinen gebracht. Schließlich hatte Raul sie gezwungen, eine illegale Abtreibung im Keller des Clubs durchführen zu lassen. Das wollte Beatriz nicht. Sie hatte den Mut zu flüchten. Für ihr Kind. Ein paar Tage später, Mateo und Damon beobachteten weiterhin das Strandhaus. Mateo griff erneut zum Telefon. „Raul, Rosa hat sich verändert. Sie trägt die Haare kürzer und hat eine Augenklappe aus rotem Samt." „Stil hat sie ja, die kleine Schlampe," erwiderte Raul. „Was gibt es sonst noch?" „Sie werden täglich von einem asiatischen Restaurant beliefert," fuhr Mateo fort. Damon, der im Hintergrund lauschte, drängte nach vorne. „Warum marschieren wir nicht einfach ins Haus und schicken sie in die Hölle?" „Zu riskant," antwortete Mateo. „Wegen der Polizeiwache." Damon zeigte seinen Schalldämpfer. „Damit bekommt das keiner mit." Raul schaltete sich ein. „Keine Fehler, Jungs. Wir müssen die Füße stillhalten." Mateo legte auf und eine Idee keimte in ihm auf. Später am Abend kam er mit einer präparierten Glückskatze zurück ins Wohnmobil, eine versteckte Kamera in ihrem Auge. Am nächsten Tag fing er den Lieferboten ab, der das asiatische Essen brachte, und erzählte ihm, dass sich die Frauen über den Boten beschwert hätten. Mateo verunsicherte den Boten und drückte ihm die Glückskatze in die Hand. „Versuch es damit," sagte er. "Als kleines Geschenk für treue Kunden." „Und sag den Frauen nicht, dass du mich getroffen hast." Zurück im Wohnmobil konfrontierte Damon Mateo. „Warum gibst du ihm ein Geschenk?" Mateo erklärte geduldig. „Die Katze hat eine versteckte Kamera. So wissen wir, was die Frauen vorhaben." Damon war skeptisch. „Was, wenn die Polizei die Kamera entdeckt?" „Das wird nicht passieren," antwortete Mateo und ging davon aus, dass sein Plan funktionieren würde. Doch Damon war nicht zu beruhigen. Er raste hinaus, um den Lieferboten zu verfolgen. Er griff nach einem Helm, den er sich entschlossen aufsetzte, und sprang auf das Motorrad. Mateo rief ihm hinterher, aber Damon ignorierte ihn. Mateo wusste, dass Damon ein Pulverfass war, bereit, jederzeit zu explodieren. Er startete den Motor seines Fahrzeugs und folgte Damon, die Verfolgung ließ sein Herz schneller schlagen. Der Lieferbote, nichts ahnend und immer noch verwirrt von dem Gespräch mit Mateo, fuhr gemächlich auf seinem Mofa die Küstenstraße entlang. Plötzlich hörte er hinter sich das donnernde Geräusch eines Motorrads. Er drehte sich um und sah Damon auf sich zukommen, mit grimmigem Entschluss in den Augen. Damon stieß gegen das Mofa, sodass der Lieferbote ins Schlingern geriet und schließlich stürzte. „Was zur Hölle…?" stammelte der Lieferbote, als Damon ihn grob auf die Füße zerrte und in das Wohnmobil schleppte, das gerade angehalten hatte. Mateo sprang aus dem Fahrzeug und stellte sich Damon in den Weg. „Lass ihn gehen, Damon. Er weiß nicht, wer wir sind. Lass uns das anders lösen." Damon grinste breit, seine Augen funkelten gefährlich. Damon wandte sich dem Boten zu und sagte ihm: „Wir sind Damon und Mateo. Wir arbeiten auf Teneriffa im Club La Noche Mágica. Wir sind Killer und wollen die Frauen, die du belieferst, umbringen." "Zu spät, Mateo. Jetzt hat er alles erfahren, jetzt muss er sterben." Mit einem kräftigen Stoß schubste er den Lieferboten ins Wohnmobil. Mateo konnte es nicht glauben. Dieses Arschloch wollte unbedingt jemanden umbringen, um jeden Preis. Er schloss die Tür hinter ihnen, die Enge des Raumes verstärkte die Spannung. „Was habt ihr vor? Lasst mich gehen!" Der Lieferbote kämpfte verzweifelt, aber Damon war stärker. Er packte ihn und drückte ihn gegen die Arbeitsfläche der kleinen Küche. „Du solltest lernen, deinen Mund zu halten," sagte Damon kalt und griff nach einem Glasschneider. Mateo beobachtete, unfähig einzugreifen, als Damon präzise ein Loch in die Mikrowellentür schnitt. „Du krankes Schwein!" schrie der Lieferbote, während Damon seinen Kopf ergriff und in die Mikrowelle zwang. „Bitte, tut das nicht!" Damon schaltete die Mikrowelle auf höchste Stufe und wickelte Alufolie fest um den Hals des Lieferboten. „Ich mache nur meinen Job," sagte er leise, als ob er einem Kind ein Märchen erzählte. „Jetzt werden wir sehen, was passiert." Mateo stand da, sein Herz raste, seine Hände zitterten. „Damon, das geht zu weit. Wir können ihn nicht so töten." Doch Damon hörte nicht zu. Er startete die

Mikrowelle, und das leise Summen des Geräts füllte die Luft. Der Lieferbote schrie, ein schrecklicher, verzweifelter Schrei, der Mateos Blut in den Adern gefrieren ließ. Sekunden vergingen wie Stunden, während der Kopf des Mannes in der Mikrowelle zu pulsieren begann. „Damon, hör auf!" Mateos Stimme war ein verzweifeltes Flehen. „Das ist unmenschlich!" Doch es war zu spät. Nach nicht mal einer Minute explodierte der Kopf des Lieferboten mit einem lauten Knall. Blut und Hirnmasse spritzten gegen die Wände der Mikrowelle, die Glasscheibe zersplitterte und ließ den schrecklichen Anblick für alle sichtbar werden. Mateo rannte nach draußen, würgte und kämpfte gegen die Übelkeit an. Die Realität dessen, was geschehen war, traf ihn wie ein Schlag ins Gesicht. Damon folgte ihm, ein zufriedenes Lächeln auf den Lippen. „Jetzt wissen wir, dass ein menschlicher Kopf in der Mikrowelle auf höchster Stufe nach 33 Sekunden explodiert. Ich bezeichne mich gerne als Ästhet des Todes, weißt du? Ich töte, weil es mir Spaß macht. Du nur, wenn du musst." Mateo drehte sich langsam zu ihm um, seine Augen voller Hass und Abscheu. „Du bist krank, Damon. Das hier ist nicht mehr nur ein Job für dich. Es ist ein verdammtes Spiel." „Ein Spiel, das ich meisterhaft beherrsche," erwiderte Damon ungerührt. „Also, was machen wir jetzt mit der Leiche?" Mateo zwang sich, die Fassung zu bewahren. „Wir legen die Lieferung des Boten und die Glückskatze vor die Tür der Frauen, klingeln und verschwinden. Dann beobachten wir weiter." Später am Abend, als die Sonne endgültig untergegangen war, legten sie die präparierte Lieferung vor die Haustür der Frauen, klingelten und zogen sich zurück ins Wohnmobil. Mateo überprüfte die Kamera und sah, wie Rosa die Glückskatze ins Wohnzimmer stellte. Der Raum war gemütlich, mit großen Fenstern, durch die das Mondlicht hereinströmte und Schatten auf die Wände warf. Rosa setzte sich vor den Fernseher, nahm heimlich Drogen und begann, alleine im Raum zu tanzen. Mateo fühlte einen unerwarteten Stich des Mitgefühls. Rosa sah so verletzlich aus, so verloren. Er schüttelte den Kopf, um die Gedanken zu vertreiben, und konzentrierte sich wieder auf den Plan. Am nächsten Morgen konnte er ein Gespräch am Frühstückstisch belauschen und erfuhr von einem geplanten Tauchausflug am Samstag. Mit zitternden Fingern griff er zum Telefon. „Raul, der Zeitpunkt ist gekommen. Am Samstag können wir sie auf offenem Meer erledigen."

KAPITEL 20 – VERHÄNGNISVOLLE WEL-
LEN

Raul kauerte hinter einem Felsen, das Fernglas fest in den Händen, während seine Handlanger Mateo, Tomas, Pepe und Damon ungeduldig in sicherer Entfernung warteten. Die salzige Meeresluft mischte sich mit dem scharfen Geruch des Schweißes, der auf ihrer Haut glänzte. Das leise Plätschern der Wellen war das einzige Geräusch, das die angespannte Stille unterbrach. Durch das Fernglas beobachtete Raul, wie Rosa, Isabel, Beatriz, Teo, Paco und Gracia lachend und plaudernd mit ihrem Boot ablegten, bereit für einen entspannten Tauchgang. Die Sonne warf glitzernde Reflexe auf das Wasser, und Möwen kreischten über ihnen, als wären sie unberührte Zeugen dessen, was kommen würde. "Da gehen sie, seelenruhig zur Schlachtbank, die kleinen Schlampen," murmelte Raul, seine Stimme war kaum mehr als ein bedrohliches Zischen. Er ließ das Fernglas sinken und ein kaltes Lächeln spielte auf seinen Lippen. Der Gedanke an Rache brannte in ihm, heiß und gnadenlos, wie ein unauslöschliches Feuer. Mateo grinste breit, seine Augen funkelten vor Vorfreude auf das bevorstehende Chaos. "Soll ich schon mal die Boote klar machen?" fragte er, die Aufregung ließ seine Stimme rau klingen. "Ja, los geht's," nickte Raul, während er aufstand. Sein Herzschlag beschleunigte sich, eine dunkle Mischung aus Rachsucht und Gier durchströmte ihn. Es war der perfekte Tag für Vergeltung, dachte er. Der perfekte Tag, um alte Rechnungen zu begleichen. Wenige Minuten später hatten sie zwei schnelle Motorboote gemietet. Raul, Tomas und Paco bestiegen das eine, während Mateo und Damon auf das andere gingen. Der Motor heulte auf, das dröhnende Geräusch erfüllte die Luft, als sie sich in Bewegung setzten. Das Meer teilte sich vor den Booten, die Gischt spritzte auf und kühlte ihre erhitzten Gesichter. In sicherer Entfernung folgten sie dem Zielboot, ihre Augen fixierten die Beute, die sich ihrer nahenden Gefahr nicht bewusst war. Auf dem Boot, das sanft über die Wellen glitt, trommelte Beatriz ihre Freunde zusammen. Die Sonne strahlte über dem türkisblauen Wasser, das in der Ferne mit dem Horizont verschmolz. "Leute, ich habe eine wichtige Ankündigung zu machen," begann sie, ihre Stimme vibrierte vor Aufregung. "Teo und ich werden heiraten und ins Ausland gehen, um unser Kind dort großzuziehen. Wahrscheinlich auf den Philippinen oder in Sansibar, wo Teo als Tauchlehrer arbeiten kann." Rosa und Isabel umarmten Beatriz, ihre Augen glänzten vor Freude und Traurigkeit. "Wir werden dich vermissen," sagte Rosa leise und eine Träne rollte über ihre Wange. "Aber wir sind so glücklich für dich." "Ja, das sind wunderbare Neuigkeiten," fügte Isabel hinzu, ihre Stimme war warm, aber in ihren Augen lag ein Hauch von Abschiedsschmerz. Die drei Freundinnen hielten einander fest, während sie mit Champagner anstießen, das leise Klirren der Gläser wurde vom Wind davongetragen. Die friedliche Szene wurde abrupt unterbrochen, als Teo die beiden Boote bemerkte, die mit hoher Geschwindigkeit auf sie zu fuhren. Sein Lächeln verschwand, seine Stirn legte sich in tiefe Falten. "Was zum Teufel wollen die von uns?" Seine Stimme war angespannt, Sorge und Unruhe breitete sich auf seinem Gesicht aus. Er griff nach dem Fernglas und spähte hinaus, seine Anspannung wuchs. Kaum hatte er das gesagt, hallte ein Schuss über das Wasser. Teo zuckte zusammen, seine Hand wanderte instinktiv zu seinem Unterbauch, wo sich eine blutrote Blüte auf seiner Kleidung ausbreitete. Mit einem kehligen Schrei stürzte er zu Boden, seine Augen weiteten sich vor Schmerz und Schock. Die fröhliche Stimmung auf dem Boot wandelte sich in blankes Entsetzen. "Teo!" schrie Beatriz, ihre Stimme war voller Verzweiflung und Panik. "Damon, gut gemacht," rief Raul über das Wasser, sein Lachen war kalt und herzlos. "Jetzt machen wir sie fertig. Keine Gnade." Es flogen weitere Schüsse und die gesamte Gruppe lief panisch in das Innere des Bootes. "Wir müssen uns verteidigen," schrie Rosa, während sie sich um den schwer verwundeten Paco kümmerte. Dieser hatte sich schützend über sie geworfen und mehrere Kugeln in den Rücken bekommen. Seine Augen waren geschlossen, sein Atem ging flach und unregelmäßig. Rosa überprüfte seinen Puls und spürte nichts mehr. Tränen schossen ihr in die Augen, eine Mischung aus Trauer und unbändiger Wut. "Paco, nein..." flüsterte sie, ihre Stimme brach unter dem Gewicht des Schmerzes. Sie erhob sich, ihre Augen brannten vor Zorn, als sie in Richtung Mateo starrte. Für einen Moment war er wie hypnotisiert, seine Waffe zitterte in seiner Hand. Doch dann erinnerte er sich an seinen Auftrag, seine Augen verengten sich und er drückte ab. Der Schuss verfehlte Rosa nur um Haaresbreite, als sie ins

Innere des Bootes stürzte. "Mayday, Mayday," funkte Teo, seine Stimme schwach und verzweifelt. Er zog den Anker ein und startete den Motor, fuhr so schnell es ging weg von Rauls Booten. Rosa berichtete von Pacos Tod, während Isabel sie festhielt und zu trösten versuchte. "Wir müssen weg, wir müssen hier raus!" schrie Rosa, ihre Stimme zitterte vor Panik. "Hat jemand den Club angerufen?" Fragte Rosa, ihre Augen suchten verzweifelt nach Antworten. "Natürlich nicht!" fauchte Isabel, ihre Augen funkelten vor Wut. "Für wie bescheuert hältst du mich?" Ihre Stimme bebte, die Angst und der Ärger kochten in ihr hoch. "Beatriz, was ist mit dir?" Rosa war wütend und verzweifelt. "Ich hab meine Mutter angerufen," sagte sie verunsichert. "ich hätte niemals gedacht, dass sie den Anruf aus Kuba zurückverfolgen würden," fügte sie hinzu. "Und genau das ist das Problem Bea, du denkst nicht nach. Du hast uns alle in Gefahr gebracht." Rosa schaute ihre Freundin böse an. Beatriz wurde rot vor Zorn, ihre Augen funkelten vor Trotz. "Ich wollte doch nur von meinem neuen Leben berichten und ihr sagen, dass es mir gut geht. Und du? Du hast uns alle in Gefahr gebracht mit deinen Drogen! Wie oft hast du uns schon in Gefahr gebracht, weil du wieder mal eine Überdosis hattest?" Ihre Stimme zitterte, die Erinnerungen an vergangene Fehler brannten in ihrem Inneren. Die Luft auf dem Boot war geladen mit Spannung und Verzweiflung. Teo hob die Hand, um Ruhe zu gebieten. "Wir müssen einen Plan machen." "Haben wir Waffen an Bord?" fragte Rosa, ihre Stimme war fest. "In der Box mit der Tauchausrüstung sind Harpunen und Leuchtpistolen," sagte Teo und zeigte auf eine metallene Box am Heck des Bootes. Die Box schimmerte in der Sonne, ein letzter Hoffnungsschimmer. Während Rosa, Isabel und Beatriz sich bewaffneten, bemerkte Teo, dass Beatriz blutete. "Du bist verletzt," sagte er, seine Stimme war besorgt, seine Augen voller Sorge. "Es ist nichts," erwiderte sie entschlossen und biss die Zähne zusammen. "Kümmer dich um deine eigene Wunde." Ihre Entschlossenheit war ungebrochen, auch wenn der Schmerz in ihrem Bauch brannte. Plötzlich wendete Teo das Boot und fuhr direkt auf Rauls Boote zu. Die Überraschung gelang; Raul und seine Männer konnten nur knapp ausweichen, der Wind peitschte durch ihre Haare und das Adrenalin pumpte durch ihre Adern. "Erledigt den Kapitän!" befahl Raul, seine Stimme war kalt und entschlossen. Damon legte sich auf die Nase des Bootes und zielte mit ruhiger Hand. Der Schuss traf Teo ins Herz. Er fiel sofort tot um, seine Augen starrten leer in den

Himmel, die Farbe wich aus seinem Gesicht. Beatriz schrie auf und stürzte zu Teo. Ihre Trauer verwandelte sich schnell in unbändige Wut. Mit einer Leuchtpistole in jeder Hand feuerte sie auf Rauls Boote. Pepe schrie auf, als ihn eine Leuchtkugel direkt ins Gesicht traf, sein Gesicht begann zu brennen, die Flammen fraßen sich durch seine Haut. Tomas versuchte verzweifelt, ihn zu löschen, aber es war zu spät. Pepes Gesicht war entstellt. Damon schrie: "Das Spiel ist aus, Dickerchen!" und spielte damit auf Beatrizs Schwangerschaftsbauch an. "Das war ein Fehler, Beatriz," fügte er hinzu, seine Stimme war voller Spott und Hass. Er zielte mit ruhiger Hand auf sie und drückte ab. Die Kugel traf Beatriz im Unterbauch. Sie wurde von dem Aufprall zurückgeworfen. Die anderen Frauen waren geschockt, als Beatriz umfiel. Sie rannten zu ihr und zogen sie ins Innere des Bootes. Raul lachte triumphierend und befahl seinen Männern, auf den Motor des Bootes zu schießen. Bald qualmte der Motor, und das Boot kam zum Stillstand. Die Insassen verhielten sich ruhig, die Stille wurde nur durch das Knattern der Schüsse und das Rauschen der Wellen unterbrochen. Die Welt schien stillzustehen, die Bedrohung war allgegenwärtig. "Wir müssen tauchen," flüsterte Rosa, ihre Stimme zitterte. Isabel stimmte zu und machte laute Musik an, um die Angreifer abzulenken, während sie ins Wasser sprangen. Das kalte Wasser schlug ihnen entgegen, die Stille unter der Oberfläche war fast beruhigend im Gegensatz zum Chaos über Wasser. Ihre Herzen schlugen wild, jeder Atemzug war eine Herausforderung. Sie tauchten tief, die Druckveränderung in ihren Ohren schien nebensächlich im Vergleich zu der Lebensgefahr, in der sie sich befanden. Beatriz, von Schmerzen geplagt und voller Angst um ihr ungeborenes Kind, lag auf dem Bett. Ihre Gedanken wanderten zurück zu dem ersten Moment, als sie Angst um ihr Kind hatte. Raul hatte sie gezwungen, über eine Abtreibung nachzudenken. Die Erinnerung an diese schreckliche Nacht ließ sie erschaudern. Sie hatte sich damals zu Rosa und Isabel geschleppt, weinend und verzweifelt, während sie über ihre Schwangerschaft nachdachte. Sie alle saßen zusammen und aßen Nudelsuppe, ihre Freundinnen versuchten, sie zu trösten. "Du kannst das durchstehen, Beatriz," hatte Rosa damals gesagt, und Isabel hatte genickt, ihre Augen voller Mitgefühl und Entschlossenheit. Zurück in der Gegenwart ergriff Beatriz Gracias Hand. "Bitte, hilf mir," flehte sie, doch Gracia lag auf dem Boden, ihre Augen weit aufgerissen vor Angst. "Es tut mir leid," flüsterte Gracia, ihre Stimme war kaum mehr als ein ersticktes Flüstern. Die Angst lähmte sie, machte jede Bewegung unmöglich. Währenddessen schossen Raul und seine Männer weiterhin auf das Boot, bis Raul die Luftblasen im Wasser bemerkte. "Schießt auf die Luftblasen!" befahl er, seine Stimme war scharf und autoritär. Seine Männer zielten und schossen, das Wasser brodelte vor Schüssen, während Rosa und Isabel versuchten, unbemerkt zu entkommen. Ihre Herzen schlugen wild, die kalte Dunkelheit des Meeres war ihre einzige Hoffnung. Doch die Zeit drängte und die Lage war verzweifelt.

KAPITEL 21 – BLUTROTES MEER

Die Sonne stieg höher am Himmel und brannte erbarmungslos auf die glitzernde Wasseroberfläche. Unter der schimmernden Wasseroberfläche bewegten sich Rosa und Isabel vorsichtig durch die Dunkelheit der Tiefsee. Über ihnen pflügten Raul und seine Handlanger Mateo, Damon und Tomas in ihren Booten durch die Wellen, entschlossen, die beiden Frauen zu finden. Die Spannung lag schwer in der Luft, jeder Herzschlag schien laut wie Donner zu dröhnen. "Da drüben!" rief Raul, seine Stimme schneidend wie ein Messer. Er deutete auf eine Stelle im Wasser, wo er eine Bewegung erahnte. Plötzlich durchbrach ein Zischen die Stille. Rosa hatte eine Harpune abgefeuert, ihr Ziel klar im Blick. Der Pfeil durchbohrte Tomas Unterbauch. Ein markerschütternder Schrei entfuhr ihm, als er vor Schmerzen zusammenbrach. "Verdammt, Tomas!" schrie Raul, während er sich über den am Boden liegenden Mann beugte. "Bleib ruhig, wir holen dich hier raus." Die Panik in Rauls Augen war unübersehbar, als er versuchte, den Blutfluss zu stoppen. Die Ungewissheit nagte an ihnen allen. Isabel tauchte mit einem lauten Platschen auf, in jeder Hand eine Leuchtpistole. Ihre Augen funkelten vor Entschlossenheit, als sie zwei Schüsse abfeuerte. Einer traf Raul direkt in die Brust, ein Ausdruck puren

Schmerzes und Schocks breitete sich auf seinem Gesicht aus, bevor er blutend ins Wasser stürzte. "Raul!" schrie Mateo entsetzt und sprang ohne zu zögern hinterher. Die kalten Wellen schlugen über ihm zusammen, als er nach seinem Anführer griff. Er packte Raul und zog ihn zurück zum Boot, während Rosa, unnachgiebig und entschlossen, einen weiteren Pfeil mit der Harpune auf ihn abfeuerte. Der Pfeil bohrte sich in Rauls Rücken, doch Mateo schaffte es, ihn ins Boot zu hieven. Raul hustete und keuchte, sein Blick trübte sich vor Schmerz. "Verdammt, Mateo, wir müssen hier weg. Sofort!" Mateo nickte, sein Gesicht verzerrt vor Anspannung. "Halte durch, Raul. Wir verschwinden von hier." Währenddessen herrschte im Inneren des Bootes der Frauen ein ganz anderes Chaos. Beatriz lag auf dem schmalen Bett, ihre Gesichtszüge von Schmerz und Erschöpfung gezeichnet. Ihre Hand zitterte, als sie nach Gracia griff. "Ich kann das nicht, Beatriz," stammelte Gracia, ihre Augen weit vor Panik. "Ich weiß nicht, wie man..." "Du musst es tun," flüsterte Beatriz, ihre Stimme kaum mehr als ein Hauch. "Hol das Baby raus. Jetzt!" Gracia rappelte sich endlich auf, fand eine Rasierklinge und setzte zum Kaiserschnitt an, doch ihre Hände zitterten zu sehr. Der Anblick des Blutes ließ sie schwindeln. Beatriz nahm die Klinge mit einer Entschlossenheit, die Gracia erschreckte, und führte den Schnitt selbst durch. Ihr Stöhnen und ihre Schreie hallten durch das kleine Boot. "Wir sehen uns an der Pforte des Lebens, mein Kleines," flüsterte sie. Die Worte hatten etwas Endgültiges, eine Vorahnung, die Gracia das Herz brechen ließ. „Ich kann das nicht, Beatriz! Du kannst das nicht alleine machen!", Gracia brach in Tränen aus. „Wir brauchen Hilfe, wir müssen..." „Nein, Gracia! Es gibt keine Zeit, kein Zurück. Du musst stark sein... für das Baby," Beatrizs Stimme war fest, trotz der Schmerzen, die sie durchzuckten. „Bitte, Gracia, mach es zu Ende." Gracia wischte ihre Tränen weg und nickte schließlich. Ihre Hände zitterten immer noch, aber sie war entschlossen, Beatriz zu helfen. Währenddessen forderte Raul, keuchend und blutend, seine Männer auf, den Rückzug anzutreten. „Wir müssen hier weg, verdammt nochmal!" Die Boote der Angreifer entfernten sich schnell, und Rosa und Isabel schwammen zurück zu ihrem Boot, wo Beatriz bereits am Verbluten war. „Holt das Baby", flüsterte sie mit letzter Kraft. Rosa zog das Neugeborene ohne zu zögern aus der Fruchtblase, und als das Baby endlich schrie, waren alle erleichtert. Doch ihre Freude hielt nicht lange an, als sie bemerkten, dass Beatriz bereits von ihnen gegangen war. Tränen strömten über ihre

Gesichter, und selbst Gracia, die gerade vom Bereitmachen des Rettungsbootes zurückkehrte, brach in Tränen aus. „Beatriz! Nein, das kann nicht sein," Gracia fiel auf die Knie neben ihrer Freundin und schüttelte sie verzweifelt. „Du kannst nicht gehen, nicht jetzt!" Isabel legte eine Hand auf Gracias Schulter, ihre eigenen Augen voller Tränen. „Sie hat gekämpft bis zum Ende. Sie hat ihr Baby gerettet. Wir müssen stark sein, für sie." Am Abend saßen Raul und seine Männer um ein Lagerfeuer. Die Dämmerung hatte die Welt in ein warmes, goldenes Licht getaucht, das den Schmerz und das Chaos für einen kurzen Moment verbarg. Mateo sah nach Pepe, dessen Gesicht von der Leuchtpistole verbrannt war. Der Gestank verbrannter Haut lag schwer in der Luft. „Ich sehe aus wie ein Monster", flüsterte Pepe, seine Stimme gebrochen. „Sag meiner Freundin, dass ich mit einer anderen Frau durchgebrannt bin. Sie soll mich nicht so sehen." „Das werde ich", versprach Mateo, bevor er zurück nach draußen ging. Seine Schritte waren schwer, die Last der Ereignisse drückte auf seine Schultern. Plötzlich klingelte Rauls Telefon. Es war seine Tochter, die Hilfe bei ihren Mathehausaufgaben brauchte. Raul seufzte, seine Stimme wurde weicher, als er mit ihr sprach. Für einen Moment schien die Welt stillzustehen, als er ihr geduldig die Gleichungen erklärte, bevor er das Telefon an Mateo weitergab. Mateo sprach liebevoll mit dem Mädchen und versprach ihr, ein neues digitales Haustier zu besorgen, nachdem das alte gestorben war. Der Anruf endete, und Raul starrte in die Flammen des Lagerfeuers. „Vielleicht hatte Jesus doch recht. Rache bringt nur noch mehr Schmerz." Ein Schuss riss die Männer aus ihren Gedanken. Pepe hatte sich erschossen. Tomas geriet in Panik. Er hatte viel Blut verloren und Angst zu verbluten. „Ich gehe jetzt ins Krankenhaus, egal was ihr sagt!" „Tomas, nein!" rief Raul und folgte ihm hastig. „Wir können nicht riskieren, dass die Polizei eingeschaltet wird." „Und wenn ich's doch tue? Willst du mit mir das gleiche machen wie mit Carlos?" schrie Tomas verzweifelt, als er die Gruppe verließ. Die Erinnerung an Carlos, Mateos Bruder, der nach einer Schießerei verblutet war, hing wie ein dunkler Schatten über ihnen. Mateo stand auf und fragte leise: „Was meint er, Raul?" Raul schrie wütend: „Ich weiß es nicht! Der redet doch nur wirres Zeug." Währenddessen hatten Rosa, Isabel und Gracia im Hotel endlich einen Moment der Ruhe gefunden. Rosa machte sich auf, um das restliche Geld aus ihrem Versteck zu holen. „Der Kleine schläft endlich", flüsterte sie und verschwand in die Nacht. Gracia wandte sich an

Isabel, ihre Stimme zitterte vor unterdrückter Wut. „Warum können wir nicht ins Krankenhaus gehen? Ich wurde angeschossen." „Das geht nicht", antwortete Isabel, ihre Stimme fest. „Die Ärzte würden zu viele Fragen stellen." Gracia ballte die Fäuste, ihre Augen funkelten vor Zorn und Schmerz. „Ich hatte ein normales Leben, bevor ich dich traf. Das hier ist kein Leben, Isabel!" „Ein normales Leben?" wiederholte Isabel bitter. „Ja, ein normales Leben. Das ist es, was ich immer haben wollte. Stattdessen landete ich im Bordell als Prostituierte. Du hast recht. Du hast etwas Besseres verdient." „Etwas Besseres?", Gracia schnaufte verächtlich. „Du hast mich aus diesem Leben gerettet, aber zu welchem Preis? Wir sind ständig auf der Flucht, immer in Angst." „Ich weiß", Isabel sah sie ernst an. „Aber ich habe dich geliebt, seit dem Moment, als ich dich sah." "Ach Isa, ich liebe dich doch auch. Lass uns diesen Scheiß einfach endlich hinter uns lassen und zusammen neu anfangen," erwiderte Gracia hoffnungsvoll. Die beiden Frauen langen sich schließlich weinend in den Armen und waren froh, sich zu haben. Rosa erreichte inzwischen eine alte Kirche im Dorf. Der Geruch von Weihrauch und verrottendem Holz erfüllte die Luft. Sie nahm Drogen, um mit der Situation klarzukommen. Ihre Gedanken wirbelten durcheinander, als sie vor einer Statue Jesu kniete und klagte: „Warum werden Frauen so ungerecht behandelt? Wurden wir ernsthaft aus den Abfällen eines Mannes geschaffen!" Sie entschuldigte sich bei Jesus und bat ihn, auf Beatriz aufzupassen, bevor sie ihr Päckchen Geld hinter der Statue der Jungfrau Maria hervorzog. Zurück am Lagerfeuer fühlte Mateo sich verloren. Die Dunkelheit hatte sich über das Land gesenkt, und nur das Flackern der Flammen erhellte ihre Gesichter. „Wir haben alles falsch gemacht", flüsterte er, als der Sonnenuntergang die Szenerie in ein blutiges Rot tauchte. Das letzte Licht des Tages schwand, und die dunkle Nacht brachte keine Erlösung, nur die Erkenntnis, dass der Kampf für Gerechtigkeit und Überleben weitergehen würde, egal wie hoch der Preis war.

KAPITEL 22 – SPIEL UM LEBEN UND TOD

Am Abend kehrte Rosa ins Hotelzimmer zurück. Der Himmel draußen war ein tiefes, samtiges Blau, durchbrochen von den glitzernden Lichtern der Stadt, die wie Diamanten funkelten. Der Flur des Hotels war still, das einzige Geräusch war das leise Summen der Deckenbeleuchtung. Rosa öffnete die Tür und trat in das schummrige Zimmer. Die schweren Vorhänge waren zugezogen, das Licht der Nachttischlampe warf lange, unheimliche Schatten an die Wände. Sie ließ die schwere Tasche mit dem Geld auf den Tisch fallen und atmete tief durch. Isabel saß auf dem Bett, ihre Schultern sanken unter der Last des Kummers und der Verzweiflung. Ihre Augen waren rot und leer, Tränen hatten ihre Wangen benetzt. „Sie haben Beatriz umgebracht," flüsterte sie, ihre Stimme kaum mehr als ein Krächzen. „Ich kann es immer noch nicht glauben." Rosa trat zu ihr, ihre Hand zitterte leicht, als sie Isabel sanft an der Schulter berührte. „Ich muss auch immer daran denken," sagte sie leise, ihre Stimme voller Schmerz. „Es ist einfach nur schrecklich. Die Vergangenheit holt uns immer wieder ein, egal wie sehr wir versuchen, ihr zu entkommen." Isabel hob den Kopf, ihre Augen blitzten plötzlich vor Entschlossenheit. „Dann sollten wir endlich mit der Vergangenheit abschließen," sagte sie, ihre Stimme fest und klar. „Wir müssen Raul umbringen, um unseren Frieden zu finden. Der Kleine soll ein besseres Leben haben, ein Leben, das wir niemals hatten. Für den Kleinen sollten wir ihn umbringen." Gracia, die unbemerkt hereingekommen war, riss die Augen auf. Sie stand wie erstarrt im Türrahmen, unfähig zu begreifen, was sie gerade gehört hatte. „Ihr wollt einen Zuhälter umbringen? Ein Mörder?" fragte sie ungläubig und schüttelte den Kopf. „Es muss sein," erwiderte Rosa entschlossen, ihre Augen fest auf Gracia gerichtet. „Wir haben keine andere Wahl. Er muss aufhören, andere Menschen zu quälen." Isabel wandte sich an Gracia und legte ihre Hände fest auf deren Schultern. „Du musst nach Hause fahren, Gracia. Wir müssen uns auf den Kampf mit Raul vorbereiten. Es wird gefährlich." Isabel rief ein Taxi und drückte Gracia 500.000 Euro in die Hand. Gracia starrte das Geld fassungslos an, ihre Hände zitterten.

„Was... ich weiß nicht, was ich sagen soll," stammelte sie. „Ruh dich aus,"
sagte Isabel mit einem nervösen Lächeln. „Eine Bootsfahrt kann ganz
schön anstrengend sein." Gracia schaute Isabel verstört an, dann stieg sie
ins Taxi ein. Das Auto fuhr los, doch nach einiger Zeit wurde Gracia von
einem Gefühl der Unruhe übermannt. Die Straßenlichter flogen an ihr
vorbei, und sie konnte nicht aufhören, an ihre Freundinnen zu denken.
„Können Sie umkehren?" bat sie den Taxifahrer und bezahlte ihn mit einem 50-Euro-Schein. Der Taxifahrer warf einen verwunderten Blick auf
die Tasche mit dem vielen Geld, die Gracia wieder schloss. „Sie können
den Rest behalten," sagte sie nur, ihre Stimme entschlossen. Zurück im
Hotelzimmer standen Rosa und Isabel verblüfft auf, als Gracia hereinkam. „Ich möchte bei euch bleiben und helfen," sagte sie fest. „Ich kann
auf das Baby aufpassen und kochen, während ihr beiden euch um Raul
kümmert." Die Frauen bereiteten sich vor und setzten sich dann in Rosas
alten, rostigen Wagen, um zu dem Club zu fahren, wo Raul in seinem
Büro hockte. Die Nacht war dunkel, nur der Mond schien hell am Himmel und warf ein silbernes Licht auf die stillen Straßen. Sie parkten in
sicherer Entfernung und beobachteten, wie Raul in seinen Wagen stieg
und losfuhr. Sie folgten ihm durch die Stadt, die Lichter der Laternen
spiegelten sich in den nassen Straßen, bis sie vor einem Einfamilienhaus
hielten. Bunte Luftballons und das fröhliche Lachen von Kindern erfüllten die Luft. Es war eine Geburtstagsfeier. Isabel und Rosa befestigten
Schalldämpfer an ihren Pistolen. Isabel sah Rosa besorgt an. „Bist du sicher, dass du das schaffst?" fragte sie leise. Rosa nickte, setzte sich ihre
Kopfhörer auf und drehte die Musik laut auf. Ihre Augen waren glasig
von den Drogen, die sie genommen hatte, um ihre Nerven zu beruhigen.
„Ich schaffe das," murmelte sie. Sie gingen auf Rauls Wagen zu, doch
plötzlich stürmten seine zwei kleinen Töchter aus dem Haus. Isabel erstarrte vor Schreck, ihre Hände zitterten. „Rosa, warte!" schrie Isabel,
doch Rosa hörte nichts. Ihre Musik war zu laut. Sie hob die Waffe, zielte
auf Raul und drückte ab, doch Isabel stieß ihren Arm nach unten. Der
Schuss ging daneben und traf das Autodach mit einem lauten Knall. Raul
schreckte hoch, erkannte die beiden Frauen und startete panisch den Motor, um zu flüchten. Seine Töchter schrien, „Du fährst zu schnell, Papa!"
Raul raste durch die Straßen, seine Augen weit aufgerissen vor Angst. Als
er wegen eines Radfahrers abrupt bremsen musste, verletzte sich Clara,
seine älteste Tochter, und bekam eine blutige Nase. „Clara, geht's dir

gut?" fragte Raul besorgt und warf einen panischen Blick auf sie. „Ich will nicht mehr bei dir wohnen," antwortete Clara trotzig und weinte. Raul fühlte sich hilflos, doch er musste weiterfahren. Zurück im Club sprach er mit Mateo. „Ich bin mir nicht mehr so sicher, Rache an den Frauen auszuüben," gestand er und rieb sich die Schläfen. Mateo' Augen verengten sich. „Entweder sie sterben oder wir," sagte er kalt und stürmte aus dem Raum, die Tür hinter sich zuschlagend. Raul, nun völlig in Panik, sah Ruby, eine Prostituierte, die dort arbeitete, und verlangte nach einem Whisky. „Bring mir einen Whisky und bleib bei mir Schätzchen," sagte er mit zitternder Stimme. Er zwang sie, mit ihm zu tanzen und sprach von einer Zukunft, in der sie ein Kind zeugen und Rubys Vater in Santo Domingo besuchen würden. Ruby, völlig verstört, wollte nur noch weg, doch sie hatte keine Wahl. Im Hotelzimmer waren die drei Frauen derweil außer sich. Isabel war wütend auf Rosa. „Jetzt weiß Raul, was wir vorhatten! Hast du die Kinder nicht gesehen? Und was war mit den Kopfhörern?" schrie sie hysterisch. Rosa, überwältigt von den Drogen, stürmte ins Badezimmer und übergab sich. Die anderen Frauen wussten nichts von ihrem Rückfall. Rosa schämte sich zutiefst, ihr Gesicht war bleich und von Schweiß bedeckt. Sie hatte alles vermasselt. Die Drogen haben sie nicht klar denken lassen. Zur gleichen Zeit versuchte Mateo, die Frauen ausfindig zu machen. Er durchsuchte das Telefonbuch nach Gracia Braun und telefonierte unermüdlich, bis er eine Spur fand, die ihn zu den Bungalows von Azul Tropical führte. Er informierte Raul, der seine Handlanger losschickte, um die Frauen zu töten. Ruby nutzte die Gelegenheit und erzählte Mateo am Telefon, dass Raul für den Tod seiner Mutter und seines Bruders verantwortlich war. Mateo raste mit einem Ausdruck finsterer Entschlossenheit im Gesicht zum Hotel der Frauen. Die Erkenntnis, dass Raul ihn so kaltblütig hintergangen hatte, fraß sich wie Gift durch seine Gedanken. Der Schmerz über den Verrat mischte sich mit einem glühenden Zorn, der ihn bis in die Knochen durchdrang. Als er das Hotel erreichte, sprang er aus dem Wagen, stürmte die Treppen hinauf und riss die Tür des Zimmers auf. Mit einem lauten Knall flog die Tür gegen die Wand, und die Frauen wirbelten erschrocken herum. Mateo stand im Türrahmen, die Waffe fest in der Hand, seine Augen kalt und berechnend. Er zielte direkt auf sie, und für einen Moment herrschte angespannte Stille, durchbrochen nur vom rasselnden Atem der Frauen. „Was willst du hier, Mateo?" fragte Rosa mit einer Stimme, die mutiger klang, als sie sich fühlte. Isabel hielt das Baby fest an ihre Brust gedrückt, ihre Augen weiteten sich vor Angst. „Raul hat mich hintergangen," begann Mateo, seine Stimme zitterte vor unterdrückter Wut. „Er hat meine Familie zerstört, mich belogen und ausgenutzt. Und jetzt hat er auch noch vor, euch zu töten, um seine eigene Haut zu retten." Isabels Augen verengten sich misstrauisch. „Warum sollten wir dir trauen? Du warst sein engster Vertrauter. Wie wissen wir, dass du uns nicht einfach verrätst?" Mateo senkte die Waffe ein wenig, doch seine Hand blieb fest um den Griff geschlossen. „Weil ich jetzt nichts mehr zu verlieren habe. Raul hat alles genommen, was mir etwas bedeutet hat. Meine Mutter, meinen Bruder... alles. Jetzt bleibt mir nur noch die Rache. Und ihr seid meine einzige Chance, ihm das zu geben, was er verdient." Rosa trat einen Schritt nach vorne, das Zittern in ihren Händen kaum noch unter Kontrolle. „Was genau schlägst du vor?" fragte sie leise. Mateo ließ die Waffe sinken und sah Rosa fest in die Augen. „Ich werde euch helfen, Raul zur Strecke zu bringen. Aber wir müssen schnell handeln. Seine Handlanger könnten jeden Moment hier sein. Wir haben keine Zeit zu verlieren." Isabel spürte, wie sich das Baby in ihren Armen regte, und nickte schließlich. „In Ordnung. Aber wir machen das nach unseren Bedingungen. Kein unnötiges Blutvergießen." Mateo zuckte mit den Schultern. „Solange Raul am Ende tot ist, ist mir alles andere egal." Isabel schnappte das Geld aus dem Badezimmer, bevor sie mit dem Baby und Mateo als letzte durch das Badezimmerfenster floh. Dabei stolperte sie über Rosas Tasche, und die Drogen fielen heraus. Jetzt wurde ihr klar, dass Rosa die ganze Zeit über Drogen genommen hatte. Damon und Tomas stürmten ins Zimmer und schossen auf die Betten, in der Annahme, die Frauen würden dort schlafen. Die Frauen und Mateo versteckten sich derweil in Mateos Auto und warteten angespannt. Das Licht des Mondes schien auf die Straßen, während sie hofften, dass dieser Albtraum bald ein Ende haben würde.

KAPITEL 23 – AM RANDE DES ABGRUNDS

Der Mond schien grell durch die halbgeschlossenen Vorhänge des Hotelzimmers, als Damon und Tomas die Tür eintraten. Das Zimmer war ein Schlachtfeld der Unordnung, überall lagen Kleidungsstücke verstreut, als wären sie hastig zurückgelassen worden. Die Stille war bedrückend, doch die Hinweise waren unverkennbar. Babywindeln lagen auf dem Boden verstreut, daneben lagen Drogenutensilien und noch dampfende Essensreste. „Sie sind nicht mehr da", flüsterte Damon, während seine Augen hektisch die Umgebung absuchten. Die Leere des Raumes fühlte sich wie ein schallender Hohn an. Tomas seufzte, die Stirn in tiefe Falten gelegt. „Das Essen ist noch warm", murmelte er, seine Stimme trug die Schwere der Erkenntnis. „Sie müssen erst vor kurzem hier gewesen sein." Damon hob eine kleine Tüte mit weißem Pulver und ein paar bunte Pillen auf, betrachtete sie mit einem schiefen Grinsen. „Sie wissen, wie man feiert", bemerkte er trocken, während er die Drogen in seine Tasche steckte. Ein bitteres Lächeln zuckte über seine Lippen. Tomas, den die Kälte in Damons Augen beunruhigte, konnte nur den Kopf schütteln. Währenddessen rasten Mateo, Rosa, Isabel und Gracia mit dem Baby in Mateos altem, klapprigen Wagen durch die Stadt. Die Straße war von einer dunklen Spannung erfüllt, die Luft im Auto war dicht vor unausgesprochenen Worten und unterdrückter Wut. Isabel saß angespannt auf dem Beifahrersitz, ihre Augen funkelten vor Zorn. „Ich komme mir bescheuert vor, Rosa", begann sie, ihre Stimme bebte vor unterdrückter Wut. „Du hast mich angelogen. Was ist das für eine Freundschaft, in der man sich anlügt? Ich dachte, du wärst clean." Rosa senkte den Blick, ihre Augen voller Reue und Scham. „Es tut mir leid, Isabel", flüsterte sie, ihre Stimme war kaum hörbar. Isabel funkelte sie an, der Zorn in ihren Augen wuchs. „Es ist besser, wenn ich mich fernhalte von dir", sagte sie schließlich, ihre Stimme war eisig und endgültig. Rosa schwieg, Tränen schimmerten in ihren Augen. "Mateo, halt an. Wir möchten aussteigen," sagte Isabel im schnippischen Ton. Mateo warf ihr einen besorgten Blick zu, bevor er an den Straßenrand fuhr und anhielt. „Wir sind noch nicht in Sicherheit", warnte er, seine Stimme war angespannt und nervös. Doch Isabel und Gracia stiegen aus, die Kälte der Nacht umhüllte sie sofort. Isabel warf Rosa einen letzten, enttäuschten Blick zu. „Ich hoffe, du findest deinen Weg", sagte sie leise, ihre Stimme klang nun weich und verletzt, bevor sie mit Gracia und dem Baby in der Dämmerung verschwand. Damon und Tomas, die die Straße entlangfuhren, sahen plötzlich einen Mann, der verzweifelt winkte. „Bitte, helft mir", flehte er, als sie anhielten. „Mein Auto wurde von zwei Frauen gestohlen." Damon täuschte vor, sein Telefon zu greifen, um die Polizei zu rufen, zog jedoch stattdessen seine Waffe und schoss dem Mann ohne zu zögern in die Brust. „Was zum Teufel tust du, Damon?" schrie Tomas entsetzt, seine Augen weiteten sich vor Schock. „Das war unnötig!" Damon zuckte mit den Schultern und steckte die Waffe zurück in den Hosenbund. „Kollateralschaden", sagte er kalt, seine Stimme war emotionslos. „Wer sich mir in den Weg stellt, hat Pech gehabt." Die Kälte in seinen Augen ließ Tomas schaudern. Sie fuhren weiter, bis sie Isabel, Gracia und das Baby im Auto, das sie dem Mann gestohlen hatten, entdeckten. Die Frauen erstarrten vor Schreck, als sie die Männer erkannten. Eine wilde Verfolgungsjagd begann. Isabel drückte das Gaspedal bis zum Anschlag durch, während Gracia sich nervös umsah. „Mach die Scheinwerfer aus", rief Gracia plötzlich und Isabel gehorchte sofort. In der Dunkelheit verloren die Männer sie aus den Augen. Sie fuhren in den dichten Wald, ihre Herzen schlugen laut in ihren Brustkörben. „Da sind sie!" schrie Damon, als er die Frauen schließlich wieder entdeckte. Es kam zu einer wilden Schießerei. Isabel und Gracia trafen die Reifen des Autos der Männer und flohen. „Verdammt", fluchte Damon, als er die kaputten Reifen sah. „Sie sind entkommen." Damon rief seinen Boss Raul an. „Die verdammten Schlampen sind entkommen", berichtete er knapp. Während Damon eine Stunde lang durch den Wald streifte, entdeckte er schließlich das Auto der Frauen. Er ging vorsichtig darauf zu, doch es war ein Hinterhalt. Isabel und Gracia kamen aus ihrem Versteck und bedrohten ihn mit Waffen. „Leg dich in den Kofferraum", befahl Isabel. Als er sich weigerte, schoss Isabel ihm in den Fuß. Damon jaulte laut auf und warf Isabel einen bösen Blick zu. „Du verdammte Hure!" Er stieg schließlich in den Kofferraum. Isabel schloss ihn mit Vergnügen. „Isa, du hast jetzt Verantwortung für ein Baby", sagte Gracia streng zu Isabel. „Gib mir deine Waffe." Isabel zögerte, sah dann aber ein, dass Gracia recht hatte, und übergab ihr die Waffe. Rosa kämpfte derweil mit heftigen Entzugserscheinungen. Sie flehte Mateo an: „Gib mir die Drogen, ich brauche sie." „Ich habe alles weggeschmissen", sagte Mateo ruhig. Er füllte eine Badewanne mit warmem Wasser. „Bleib hier, bis du dich besser fühlst." Rosa blieb geschlagene sechs Stunden in der Wanne, schwitzend und zitternd. Mateo saß neben ihr und hielt ihre Hand, seine Augen voller Sorge und Verzweiflung. „Ich wollte ein besseres Leben", murmelte er, während er sie ansah. „Aber es scheint, als ob ich das nie erreichen werde." Isabel und Gracia hielten zur gleichen Zeit ein Auto an. „Wir waren wandern und Gracia hat sich den Knöchel verstaucht", log Isabel, während sie den Fahrer, einen jungen Mann namens Danilo, ansah. Danilo bot an, sie mitzunehmen. Sein Auto, ein wunderschöner Oldtimer von 1954, hatte jedoch bald Probleme. „Ich restauriere diese Wagen", erklärte er stolz, als er den Motor überprüfte. Isabel und Gracia täuschten vor, pinkeln zu gehen, jedoch wollten sie nur nicht auf offener Straße gesehen werden. Tatsächlich tauchten Damon und Tomas nach einer Weile auf. Die Frauen versteckten sich im Wald, bis die Gefahr vorüber war. In Danilos Garage angekommen, wurden Isabel und Gracia von Danilos Schwester skeptisch beäugt. „Wandern um fünf Uhr morgens, mit einem Baby und in Latexhosen?" fragte sie misstrauisch. „Wir hatten unsere Gründe", antwortete Isabel ausweichend. Zur gleichen Zeit kämpfte Rosa immer noch mit ihren Entzugserscheinungen. „Erzähl mir etwas Schönes", bat sie Mateo mit brüchiger Stimme. „Es gibt nichts Schönes in meinem Leben", erwiderte er bitter. Rosa sah ihn an, Tränen in den Augen. "Ich hab Hunger Mateo. Kannst du nachsehen, was es im Kühlschrank gibt?" fragte Rosa. Dieser schaute sofort nach und fragte aus der Küche hinaus: "Ich hab hier Pizza oder Fisch. Was willst du?" Er bekam keine Antwort von Rosa. Plötzlich sah er aus dem Fenster, wie Rosa versucht, zu flüchten. Er stürmte ihr nach und mit einem Hechtsprung zog er sie zu Boden. Er brach sie zurück ins Haus. Rosa, sichtlich verärgert, wollte unbedingt ihre heiß geliebten Drogen haben, dass sie Mateo schlimme Dinge an den Kopf warf. „Du bist verantwortlich für den Tod deiner Mutter und deines Bruders", schrie sie in seine Richtung. "An allem bist du schuld!" "Du hast deine Leben komplett alleine ruiniert." Mateo verließ das Zimmer, von Schuldgefühlen überwältigt. In der Garage schloss er sich in seinem Auto ein und ließ den Motor an. Er wollte sich vergiften, doch es ging ihm zu langsam. Schließlich klebte er seine eine

Hand ans Lenkrad und seine andere an den Schaltknüppel fest. Er fuhr er auf den Pool zu und das Auto sank langsam ins Wasser. Rosa sah es aus dem Fenster und handelte sofort. Sie stürmte in die Küche, ihre Augen blitzten vor Entschlossenheit, während ihre Hände zitterten. Der Raum war erfüllt von dem scharfen Geruch frischer Kräuter und dem sanften Klirren von Kochgeschirr, das in der Eile umgestoßen wurde. Mit hektischen Bewegungen griff sie nach der Schere und begann, ihre Fesseln durchzuschneiden. Die Schärfe der Klinge glitt durch die Seile, und als sie endlich frei war, rannte sie ohne zu zögern hinaus zum Pool. Die Nachtluft war kühl und erfrischend, doch ihr Herz raste vor Angst. Sie sprang ins Wasser, das kalt und klar war, und ihre Augen weiteten sich, als sie Mateo erblickte, der bewusstlos am Lenkrad gefesselt war. "Verdammt!" schrie sie, ihre Stimme hallte durch die stille Nacht. Sie tauchte auf, schnappte nach Luft und rannte zurück in die Küche. Ihre nassen Fußabdrücke hinterließen Spuren auf dem glänzenden Boden. Sie packte die Schere erneut und sprintete zurück zum Pool. Mit einem entschlossenen Sprung tauchte sie wieder ins Wasser und schnitt Mateos Fesseln durch. Mit aller Kraft zog sie seinen reglosen Körper aus dem Wasser, ihre Muskeln brannten vor Anstrengung. "Mateo! Wach auf, verdammt!" rief sie verzweifelt und begann mit der Wiederbelebung. Minuten, die wie Stunden erschienen, vergingen, bis er endlich Wasser spuckte und hustend zu sich kam. "Bist du noch am Leben?" fragte Rosa atemlos, ihr Herz schlug wild vor Erleichterung. "Ja," murmelte Mateo schwach, seine Augen halb geschlossen. "Aber ich bin völlig erschöpft." Währenddessen sahen sich Isabel und Gracia in Danilos Garage um. Die Waffen in der Ecke erregten Isabels Interesse. „Bist du ein Bruce Lee-Fan?" fragte sie neugierig. „Mehr als das", antwortete Danilo und griff nach Nunchucks. Sie tauschten ein paar Techniken aus, lachten und vergaßen für einen Moment ihre Sorgen. Isabel und Gracia erzählten Danilo ihre Geschichte, während Mateo und Rosa in ihrem Versteck um ihr Überleben kämpften. Die Wege der Charaktere kreuzten sich immer wieder in einem Netz aus Lügen, Gewalt und Sehnsucht nach einem besseren Leben. Doch am Ende hatten sie alle nur eines im Sinn: das Überleben und die Hoffnung auf eine bessere Zukunft. Die Dunkelheit ihrer Vergangenheit lastete schwer auf ihnen, aber irgendwo, tief in ihren Herzen, glomm die Hoffnung auf, dass es vielleicht doch einen Weg ins Licht gab.

KAPITEL 24 – AUFSTIEG AUS DER DUN- KELHEIT

Isabel und Gracia waren noch immer in Danilos Garage, die kühle Luft war erfüllt von dem metallischen Duft des Werkzeugs und dem rauchigen Aroma von Motoröl. Gracia kühlte ihren angeblich schmerzenden Fuß im Eisbad. Sie versuchte so überzeugend wie möglich zu sein. Danilo kniete neben ihr und schüttelte den Kopf. "Ich sehe keine Verstauchung." Isabel widersprach energisch: "Doch, der ist auf jeden Fall verstaucht." Sie drückte Gracias Knöchel, und Gracia schrie laut auf vor Schmerz – oder zumindest tat sie so. Danilos Stirn legte sich in Falten. "Meine Schwester will, dass ihr beide verschwindet. Sie traut euch nicht." Isabel lächelte kokett und legte ihre Hand sanft auf Danilos Schulter. "Ach so, das ist deine Schwester? Ich dachte, das wäre deine Freundin. Wie kommt es, dass so einer wie du keine Freundin hat?" Danilo wurde rot und stammelte: "Ich hatte Pech mit den Frauen in letzter Zeit." Isabel grinste und flüsterte: "Ich bin mir sicher, du wirst ganz schnell eine neue finden." Sie griff nach einer Weinflasche und strahlte. "Wäre doch ein Jammer, den Wein nicht zu trinken. Lass uns tanzen." Die Musik erfüllte den Raum, und sie zog Danilo zu sich. Beide begannen, Rumba zu tanzen, ihre Körper bewegten sich im Rhythmus der Musik. Gracia konnte ihre Eifersucht kaum verbergen und stoppte die Musik abrupt. "Ich werde ganz sicher nicht tanzen," erklärte sie entschlossen. Isabel zog Danilo näher und begann, ihm eine weitere Lügengeschichte aufzutischen. "Wir sind auf der Flucht vor Gracias Ex-freund. Der Typ, der vorhin an dir vorbeigefahren ist. Er ist gewalttätig." Danilos Stirn runzelte sich noch mehr. "Ist er der Vater des Babys?" Isabel zuckte die Schultern. "Das wissen wir nicht. Gracia hatte damals viele Liebhaber." "Warum geht ihr nicht zur Polizei?" Isabel seufzte tief. "Viele ihrer Ex-Freunde sind Polizisten. Deswegen können wir ihnen nicht trauen." Gracia, die in der Ecke stand, ihre Augen vor Wut blitzend, zog Isabel zur Seite. "Immer wieder entdecke ich neue Lügen an dir. Wer bist du eigentlich wirklich?" Isabel seufzte und ihre Stimme wurde leiser. "Ich wollte doch nur unsere Haut retten, indem ich mit Danilo flirte und wir hier schlafen dürfen." Gracia funkelte sie an, ihre Stimme scharf wie ein Messer. "Dann hast du deine Freundin zurückgelassen, weil du unsere Haut retten wolltest?" Isabels Augen wurden ernst, und Tränen begannen sich zu sammeln. "Du kennst Rosa nicht. Durch ihre Sucht sind Beatriz und ich mehrmals fast umgekommen. Sie reißt alle in den Abgrund." Gracia, mit unverhohlenem Zorn in den Augen, erwiderte: "Dann hol sie doch da raus. Du bist ihre beste Freundin. Du solltest sie auch in schlechten Zeiten unterstützen. Ich hätte niemals gedacht, dass du jemand bist, der seine Freunde im Stich lässt." Isabels Augen füllten sich mit Tränen, die sie mit einem hastigen Wisch wegwischte. "Das hat mich getroffen," flüsterte sie. Entschlossen ging sie zum Auto, öffnete den Kofferraum und holte eine Leuchtpistole heraus. "Wir werden ihnen eine Falle stellen." Isabel schoss eine Leuchtkugel in den Himmel, die Nacht wurde für einen Moment erhellt. Rosa sah das Signal und wusste sofort, dass Isabel sie brauchte. Sie weckte den erschöpften Mateo, ihre Stimme drängend. "Du hast doch nichts im Leben, auf das du stolz sein kannst. Jetzt ist deine Chance gekommen, dich zu beweisen." Mateo und Rosa fuhren sofort in Richtung der Leuchtkugel. Währenddessen hatte Raul einen Pastor zu sich bestellt. Seine Handlanger hatten dem Pastor einen Beutel über den Kopf gestülpt und ihn in Rauls Büro gezerrt. "Was macht ihr denn?! Ihr solltet ihn höflich bitten, in meinen Club zu kommen, ihr Idioten," schimpfte Raul. Er wandte sich an den Pastor. "Ich möchte wissen, ob Gott einem vergibt, solange man Reue zeigt." Der Pastor nickte zögernd. "Zuerst müssen Sie eine Beichte ablegen." Raul befahl seinen Handlangern, den Raum zu verlassen. Als sie allein waren, begann er zu sprechen. "Ich habe Menschen getötet." Der Pastor war entsetzt. "Was?! Wie viele?" "Viele," antwortete Raul ruhig. "Ich war meiner Frau untreu und habe Drogen genommen." "Und was ist mit der Prostitution?" fragte der Pastor vorsichtig. Raul zuckte die Schultern. "Maria Magdalena war eine Hure und sie war befreundet mit Jesus." Der Pastor runzelte nur die Stirn und ehe er was dazu sagen konnte, fuhr Raul fort und sagte, er bereue aufrichtig und von Herzen. "Ich werde für sie beten," sagte der Pastor. Raul bedankte sich und führte den Pastor in den Schlafsaal der Prostituierten. "Es tut mir leid für meine Taten in der Vergangenheit," sagte er vor versammelter Mannschaft und bat die Prostituierten zu beten. Die Frauen waren sichtlich verstört, aber taten, was ihnen befohlen wurde. In der Garage stritten sich Danilo und seine Schwester. Sie wollte, dass die Frauen verschwinden, aber Danilo widersprach. "Sei doch nicht immer so misstrauisch." In diesem Moment stürmten Tomas und Damon in die Garage und bedrohten die beiden mit Waffen. Sie waren der Leuchtkugel am Himmel gefolgt und hatten nicht einen Gedanken daran verschwendet, dass dies ein Hinterhalt sein könnte. Danilos Schwester schrie laut auf. Damon grinste und kam ihr näher. "Nicht so laut, wir wollen die anderen doch nicht wecken." Er streichelte ihre Wange, und ein kalter Schauer lief ihr über den Rücken. "Fass meine Schwester nicht an!" brüllte Danilo, seine Stimme bebte vor Zorn. Tomas befahl ihm, den Mund zu halten. Doch Danilo hatte eine Idee. "Ich habe Infos bezüglich der Frauen. Dazu musst du näher kommen." Tomas trat näher und Danilo nutzte die Gelegenheit, ihm eine Kopfnuss zu verpassen. Tomas schrie vor Schmerzen, seine Nase blutete heftig. Damon schlug Danilo mit einem Golfschläger nieder. Auch Danilos Schwester wurde bewusstlos geschlagen. Damon und Tomas durchsuchten die Garage. "Wir haben den Stern gesehen, der uns zum Tore von Bethlehem führte. Hier soll der Messias sein," murmelte Damon. Plötzlich wurden die beiden Männer mit Benzin überschüttet, das von der Decke aus einem großen Kanister fiel. Plötzlich trat Isabel aus ihrem Versteck und feuerte mit der Leuchtpistole auf die beiden Männer. Sie brannten lichterloh, ihre Schreie erfüllten die Garage. I-sabel bat Gracia um ihr Handy und machte ein Video von den brennenden Männern. Danach verließen sie die Garage und sahen, wie ein Auto näher kam. Rosa und Mateo stiegen aus. "Isabel," sagte Rosa leise, als sie auf sie zuging. Sie umarmten sich fest, spürten die gegenseitige Wärme und das Vertrauen. "Ich lass dich nie wieder allein," flüsterte Isabel. "Und ich werde nie wieder Drogen nehmen," versprach Rosa. Mateo betrat die Garage und sah die verkohlten Leichen. "Hast du sie lebendig verbrannt?" fragte er Isabel, seine Stimme war eine Mischung aus Erstaunen und Bewunderung. "Sie haben nichts anderes verdient," antwortete sie kalt. Rosa nickte. "Jetzt steht uns nichts mehr im Weg, um Raul zu töten."

Mateo, Danilo, Rosa, Isabel und Gracia schmiedeten einen Plan und fuhren in Richtung Rauls Club. Die Fahrt war still und angespannt, die Luft war schwer von unausgesprochenen Ängsten und der Entschlossenheit, die in den Augen jedes Einzelnen glühte. Als sie ankamen, erkannte der Türsteher Mateo sofort und alarmierte Raul. "Mateo hat die Ladies und bringt sie hierher." Raul war erleichtert und ließ seinen üblichen zynischen Charme aufblitzen. "Du bist und bleibst mein Schutzengel, Mateo," murmelte er. Als Mateo den Eingang näher kam, zog er blitzschnell seine Waffe und erschoss die nichts ahnenden Türsteher, deren Körper zu Boden fielen und das Pflaster mit dunklem Blut tränkten. Raul erkannte den Hinterhalt, als er die Schüsse hörte. Eine wilde Panik erfasste ihn. Mateo griff zum Funkgerät. "Hallo Raul, stell zwei Whiskys bereit. Ich komme jetzt rauf zu dir." Die Panik breitete sich unter Rauls Handlangern aus, die sich hastig um die Verteidigung des Clubs bemühten. Doch Mateo und der Rest Truppe war bereits im Gebäude, eine Schießerei brach aus und Kugeln flogen durch die Luft, zertrümmerten Gläser und hinterließen klaffende Löcher in den Wänden. Als der Lärm der Schüsse verebbte, standen die Überlebenden mit erhobenen Waffen einander gegenüber. "Ihr haut ab und wir tun euch nichts," rief Rosa den Handlangern zu, ihre Stimme war kalt und entschlossen. "Ihr braucht keine Angst mehr vor Damon und Tomas zu haben. Wir haben sie erledigt." Isabel zeigte ihnen das Video der brennenden Männer, ihre Gesichter glühten im Widerschein des Feuers. Die Handlanger, geschockt und erschüttert, senkten ihre Waffen und verließen den Club nach kurzem Zögern. Raul, der die Szene mit weit aufgerissenen Augen verfolgt hatte, konnte es nicht fassen. In blinder Panik rannte er in sein Büro und zog eine zitternde Prostituierte als Schutzschild vor sich. "Verschwindet! Ich habe schon Beichte abgelegt und Gott hat mir vergeben!" schrie er verzweifelt. "Hat er vergeben, dass du meine Mutter umgebracht hast? Meinen Bruder?" schrie Mateo zurück, sein Gesicht vor Zorn verzerrt. "Mit mir hat er nicht gesprochen." Rosa lächelte kalt. "Hat er mit euch gesprochen?" fragte sie die Prostituierten, die vor Angst nicht antworten konnten. "Es gibt keine Vergebung für das, was du getan hast," fuhr Mateo fort. Raul wandte sich flehend an Rosa. "Zwischen uns ist doch etwas Besonderes." Rosa erwiderte kühl: "Wenn ich dich mal angelächelt habe, dann nur, um dich später wie eine Küchenschabe zu zertreten." Raul befahl Ruby, den Safe zu öffnen und das Geld an die Prostituierten zu verteilen. "Nehmt das Geld und beginnt ein neues Leben," sagte er, während seine Stimme vor Panik bebte. Er nahm Ruby als Geisel, um zu fliehen und ging langsam rückwärts in Richtung Aufzug, der sich in der Ecke seines Büros befand, doch als sich die Aufzugstür öffnete, stand Isabel dahinter. Mit eiskalter Präzision schoss sie ihm in die Beine, und er brach schreiend zusammen. "Es wäre zu einfach, dich einfach zu erschießen," sagte Isabel, ihre Augen funkelten vor Wut. Sie schlug ihn bewusstlos. Nach einiger Zeit wachte Raul eingemauert im Leitungsschacht auf. Die Enge und Dunkelheit umgaben ihn wie ein erdrückender Mantel. Panisch schrie er. "Lasst mich hier raus!" Doch es war zu spät. Eine Explosion erschütterte den Club und die Welle der Explosion erreichte auch Raul. Sie beendete Rauls Leben mit einem ohrenbetäubenden Knall. Mateo, Danilo, Rosa, Isabel, Gracia und die Prostituierten fuhren in einem alten, klapprigen Bus zum Meer. Die Fahrt war erfüllt von einer Mischung aus Erleichterung und stiller Nachdenklichkeit. Dort angekommen, stieg Mateo aus und Rosa folgte ihm, ihre Schritte vorsichtig im Sand. "Ich will ein neues Leben mit dir anfangen," bat er, seine Stimme war voller Reue und Hoffnung. "Was du getan hast, ist unverzeihlich," sagte Rosa, ihre Augen suchten seine. "Aber keiner wird mich jemals so gut verstehen wie du." Mateo nickte, Tränen glitzerten in seinen Augen. "Keiner wird mich jemals so gut verstehen wie du," erwiderte er und ging in Richtung Meer, das Licht der untergehenden Sonne malte goldene Streifen auf das Wasser. "Viel Glück," rief Rosa ihm nach. Mateo drehte sich um und lächelte traurig. "Dir auch." Rosa kehrte zum Bus zurück und umarmte Isabel fest. "Wir haben es geschafft," sagte sie erleichtert, ihre Stimme bebte vor Freude. Sie feierten ihren neuen Anfang mit den Prostituierten und viel Alkohol, die Nacht war erfüllt von Lachen und Tränen. Die Sonne begann über dem Ozean aufzugehen, als sie sich alle am Strand versammelten. Gracia hielt Beatriz's Baby im Arm und lächelte, als sie sah, wie die anderen in die Wellen stürmten, lachend und jubelnd. Rosa und Isabel standen Arm in Arm und beobachteten die Szene, ihr Herz war leicht. "Wir haben es wirklich geschafft," sagte Rosa leise. Isabel nickte, ihre Augen strahlten vor Glück. "Ja, das haben wir." Am Abend saßen sie alle um ein großes Lagerfeuer, tranken Wein und erzählten Geschichten. Die Sterne funkelten am Himmel, und für einen Moment schien alles perfekt. Doch tief in ihrem Inneren wusste Rosa, dass die Vergangenheit sie immer begleiten würde. Aber für jetzt, in diesem Moment, war sie glücklich. Sie legte den Arm um Isabel und zog sie näher. "Wir haben es geschafft," wiederholte sie, ihre Stimme war voll tiefer Zufriedenheit. "Wir sind frei." Isabel lächelte und lehnte sich an sie. "Ja, das sind wir." Die Nacht verging in einem friedlichen Schweigen, das nur vom Rauschen der Wellen unterbrochen wurde. Am nächsten Morgen standen sie früh auf und begannen, ihre Pläne für die Zukunft zu schmieden. Gracia wollte ein kleines Café eröffnen, Isabel träumte davon, als Künstlerin zu arbeiten, und Rosa sprach davon, eine Organisation zu gründen, die Frauen in Not hilft. Mateo war verschwunden, aber sie wussten, dass er irgendwo da draußen war und versuchte, sein eigenes Leben zu ändern. Als die Sonne erneut aufging, fühlten sie sich stärker und entschlossener denn je. Sie hatten die Hölle überlebt und waren bereit, die Welt zu erobern. Rosa schaute auf das Meer hinaus und atmete tief durch. "Wir haben es wirklich geschafft," sagte sie leise, und in diesem Moment wusste sie, dass alles möglich war.